북촌 / 북촌 / 서촌

북촌 / 북촌 / 서촌

인왕산 아래 궁궐 옆,
아파트엔 없는 생활

심혜경
윤화진
조성형 지음

HB PRESS

차례

1장 / 노르웨이에서 / 북촌으로
(서울에서 / 아파트를 / 피하는 / 방법)

◇ 영끌과 경쟁의 함수 ◇ p.19
◇ 투자와 주거의 딜레마, 그리고 뜻밖의 선택 ◇ p.27
◇ 사라진 고향, 동물원의 혜화동과 북촌 빌라마을 ◇ p.37
◇ SLOC와 슬로 북촌 ◇ p.55
◇ 소우주 속 나의 집, 디자이너의 집수리 ◇ p.65
◇ 컨버터블 자동차와 포기해야 하는 것들 ◇ p.81
◇ 뚜벅이와 공유경제 ◇ p.89
◇ 조성형의 북촌 문답 ◇ p.99

2장 / 북촌 / 13년
(고향으로 / 남을 / 동네)

☆ 삼청공원 말바위 루틴 ☆ p.109
☆ 마당 있는 집을 찾아 ☆ p.113
☆ 북촌의 첫 집, 계동 한옥 ☆ p.123
☆ 두 번째 집, 소격동 복층 빌라 ☆ p.147
☆ 그동안 변한 것들 ☆ p.155
☆ 드디어, 원서동 우리집 ☆ p.167
☆ 창덕궁 옆 동네 ☆ p.177
☆ 북촌의 도자기 선생님 ☆ p.187
☆ 한옥에서 요가 명상 ☆ p.193

☆ 우리들에게 고향을 ☆ p.201
☆ 윤화진의 북촌 문답 ☆ p.207

3장 / 서촌의 / 번역
(카페에서 / 공부하는 / 할머니의 / 유랑생활)

○ 번역가인 나는 '서촌'을 '낭만'으로 번역한다 ○ p.215
○ 왜 나는 서촌을 사랑하는가 ○ p.219
○ 실행력 끝판왕의 이사 준비 1 – 옥인연립으로 ○ p.223
○ 실행력 끝판왕의 이사 준비 2
– 모든 것을 절반으로 ○ p.229
○ 통의동 – 한 권의 서점, 에디션 덴마크,
서촌라이프 ○ p.233
○ 통인동 – 문화공간 이상의 집 ○ p.241
○ 체부동 – 나의 한옥 옆 염상섭 ○ p.247
○ 누하동 – 일주일에 단 하루,
서촌의 따뜻한 스콘 가게 ○ p.253
○ 나만의 시크릿 가든 – 공원 찬가 ○ p.257
○ 내 인생의 북촌 방향 1 – 북촌 하면 정독도서관 ○ p.261
○ 내 인생의 북촌 방향 2 – 아라리오뮤지엄과
아라리오갤러리 ○ p.267
○ 서촌, 집으로 가는 길 ○ p.273
○ 심혜경의 서촌 문답 ○ p.277

◇☆○ 이웃들의 맺음말 ◇☆○ p.283

계동교회

"나라면 아침에 일어나서 동네를 거닐 때 이런 풍경을 보고 싶다."

"집은 식물을 기르듯 가끔 살펴 주고 가꿀 만한 가치가 있는 공간이다."

"정겨운 북촌 동네 풍경, 창밖 창덕궁 후원의 자연을 보면 하루치의 기운이 차오른다."

"어디에서나 편안하게 마음의 품격을 유지할 수 있는 거의 유일한 공간이 내겐 서촌이다."

창덕궁1길
Changdeokgung 1-gil
30

"옛 궁궐과 문화유산이 있는 골목골목은 먼 훗날에도 기억할 수 있는 모습으로 남아 있겠지?"

북촌, 북촌, 서촌
인왕산 아래 궁궐 옆, 아파트엔 없는 생활

1장
노르웨이에서 북촌으로

◇ 디자이너 조성형은
6년 전 노르웨이에서 대학원 유학을
마치고 귀국하기로 결정했다.
어디나 사람 사는 곳은 마찬가지라는
깨달음을 얻었달까. 물론 한국에서 일과
관계에 치이며 몇 년 만에 그 결정을
후회하게 되었지만.

◇ 여자친구와 정착할 집을 찾으며 돌아본
서울의 아파트는 모두 같았다.
두 사람이 원서동의 낡은 다세대주택을
구입한 것은 필연적 결정일지도.

◇ 북촌의 다세대주택은 달랐다.
오래된 타일에는 모란 자개를 닮은
문양이 있다. 전망이 좋은 방 하나는
공동계단 반 층 위에 따로 떨어져 있다.

서울에서 아파트를 피하는 방법

◇ 낡은 집은 달라졌다.
우선 벽지를 직접 뜯어내는 데 2주가
걸렸다. 직장에서 주워 온 낡은 작업대는
리폼을 거쳐 (물론 손수 작업해) 2인용
책상이 되었다.

◇ 두 사람은 왜 아파트 대출 대신
다세대주택에 몸과 영혼을 갈아 넣었을까?
북촌 2년 차 커플은 자신들에게
어울리는 동네를 찾은 것일까?

◇ 영끌과 ◇ 경쟁의 함수

2022년 여름.
종로구 계동의 한 카페에서 주한 노르웨이 대사관 관계자인 Ⓗ를 만났다.
노르웨이에서 한국으로 돌아온 이후 우연한 기회에 알게 된 그녀는 중년을 훌쩍 넘긴 나이에도 겸손하고 친절한 사람이었고, 이미 한국에서 지낸 지 몇 해가 지나 이방인 같지 않은 이방인이었다. 한국에서 보낸 시간만큼이나 한국 사회에 대해, 특히 서울이라는 도시에 대해서도 상당한 이해를 가지고 있는 사람이라 우리는 종종 노르웨이와 한국을 소재로 재미있는 대화를 하곤 했다.
그날도 이런저런 소재로 수다를 떨다가 문득 그녀가 물었다. 워낙 엉뚱한 질문이어서 지금도 그 내용을 자세히 기억하는데,

Ⓗ
"이 동네에 집 구하기가 쉽지 않았겠어요.
집 구할 때 경쟁이 치열하지 않았어요?"

경쟁…? 경쟁이라니. 뜻밖의 단어가 출현해 나는 조금 당혹스러워졌다.

㉯
"아, 글쎄요? 별로 경쟁이랄 건 없었는데? 경쟁이라니. 무슨 뜻이죠?"

Ⓗ
"이 동네 참 좋잖아요?
이런 전통적인 건축들과 작은 카페들, 멋진 고궁도 있고. 그것들이 어우러진 분위기도 좋고. 높은 건물들이 없어서 그런가? 어쩐지 아늑하고. 나는 그게 좋아서 종종 온다고요.
왠지 많은 사람이 살고 싶어 할 것 같은데?
그래서 물어본 거예요."

㉯
"아, 그런 거라면 전혀 그렇지 않아요.
사람들이 좋아하는 관광지이긴 하지만
실제로 살고 싶어 하는 사람은 거의 없을걸요?
당연히 집을 구할 때 경쟁자의 존재는 느낄 수 없었어요.

경쟁이라니.
그래서 무슨 말인지 이해를 못 했네요.
보통 제 또래의 한국 사람들은 집을 구할 때 이런 곳을 선호하지 않아요. 한국에서는 아파트를 선호하죠.
들어 본 적 있죠? 아파트라는 단어.
제 짐작이지만 그중에서도 새 아파트가 가장 인기인데.
그런 조건의 아파트는 서울에서는 무시무시한 가격이고
그렇다 보니 대부분 수도권의 신도시에서 살게 되는 거죠.
그런 곳이라면 말씀하신 것처럼 경쟁이 치열할 거예요.
상당히요.
그런데 여기는 아파트가 없잖아요.
경쟁이 있을 리가요."

Ⓗ

"아, 정말요…?
그건 너무 의외네. 전혀 몰랐어요.
아파트가 인기라니. 도대체 왜죠?"

㉯

"음… 우선 아파트가 살기 편하다고 생각하는 것 같고.
투자적인 측면에서도 유리해요. 저같이 평범한 사람들은 집을 살 때 자신이 가진 대부분의 돈을 쓰게 되잖아요? 은행에서 상당한 금액을 대출받기도 할 테고. 힘들게 번 돈인데 당연히 투자적인 측면도 고려해야죠."

Ⓗ

"아, 그런 거라면 이해는 되지만… 그렇지만…
나라면 아침에 일어나서 동네를 거닐 때
이런 풍경을 보고 싶을 것 같은데."

인왕산 자락길, 무무대에서 바라본 서촌 일대.
무무대는 내가 서울에서 사랑하는 곳 중 하나다.

2020년.
코로나19 팬데믹의 장기화 조짐과 함께 세계적으로 부동산 가격이 치솟던 여름. 뉴스에서는 영혼까지 끌어모은 청년세대가 아파트 가격 상승을 주도하고 있다는 보도가 쏟아졌다. 아마도 또래 대부분의 사람들이 그랬던 것처럼 나와 영혼의 단짝 Ⓝ도 무언가에 쫓기는 기분이 들었다. 하루가 다르게 치솟는 실거래가 추이와 언론의 경주마식 보도를 보고 있자면 내 인생이 뭔가 잘못되어 가고 있는 것이 아닐까 의심스러워지기 시작했다. 이러한 의심증은 빨리 뭐든 선택해야 할 것 같은 모종의 압박감으로 이어졌다. 얼마나 심했던지 일에 집중하기도 쉽지 않았다. (사실 일에 집중하기는 매번 쉽지 않지만.) 여하튼 조그만 빌라에서 전세를 살고 있던 우리는 아파트를 알아보게 되었다.

분위기에 휩쓸린 Ⓝ과 나는 호기롭게 아파트 게임 참전을 선언했는데 어이없게도 이내 쓴맛을 보고야 말았다. 사실 이전까지 아파트에 대해 깊이 생각해 본 적도 없었던 데다가 워낙에 미래에 대한 구체적 대비 없이 살아온 터라 어찌 보면 당연한 결과였다. 그 과정을 통해서 알게 된 것이라고는 우리가 정말로 별 볼 일 없는 청약 점수를 가지고 있다는 것과 이따위 점수로는 경쟁자들에게 어림도 없다는 사실이었다. 신축 아파트를 목표로 전투에 참여한다면 돌아오는 것은 패배뿐이라는 쓰디쓴 결론에 이르렀는데, 그러자 오히려 더욱 조바심이 났다. 남들은 다 하는 것 같은데 나만 뒤처지는 것 같은 느낌이 들었다. 남들보다 뒤처지는 거라면 나름대로 자신 있었지만, 아파트만큼은 포기할 수 없었다. 그 이유는 중요하지 않았다. 조금 더 일찍 참전하지 못한 것에 대한 후회가 조급증을 부추겼다.

우리는 곧바로 다른 목표를 설정했다. 우리가 가진 돈과 감당할 수 있을지 확실치 않은 미래의 빚을 합산해서 지어진 지 25~30년 정도 된 서울의 오래된 아파트들을 새로운 타깃으로 삼았다. 1차 시도의 실패를 교훈 삼아 더욱 치밀하게 도전하기로 했다. 먼저 한국주택금융공사의 대출 상품과 힘을 합쳐 우리가 끌어모을 수 있는 최대치의 금액과 그 가격대에서 도전이 가능한 아파트 단지들을 추려냈다. 또한 사무직 노동자로서의 경험을 살려 이 모든 정보를 취합해 엑셀 파일로 정리하기로 했다. 주어진 조건을 바탕으로 올바르게 상황을 인식하고 최대한 합리적인 결과물을 도출해야 할 것 아닌가?

엑셀 시트에는 몇 가지 함수를 활용해 단지별로 가격 상승 추이, 적절한 매매가와 그에 따라 필요한 대출 금액, 월별 상환액의 규모 정도가 어떻게 달라지는지 등 상당한 양의 정보를 일목요연하게 수치화했다. 돌이켜보면 이때의 심리상태가 가히 정상은 아니었다.

퇴근 후에는 비밀 작전을 수행하듯 Ⓝ과 접선해 자동차를 몰고 엑셀 시트 안의 단지들을 실제로 둘러봤다. 목표물과 가까운 곳에 차를 세우고 단지 안을 슬그머니 둘러보다 돌아오곤 했다. 경비 아저씨를 마주칠 때면 입주민인 척 자연스럽게 인사를 건넸다. 그 과정이 꽤 재밌고 설레기도 했다. 엑셀 시트에 추가되는 단지는 점점 늘어 갔다. 도대체 어디서 그런 에너지가 나왔을까? 우리는 이상할 정도로 신이 나 있었다. 국내외를 가리지 않고 이곳저곳을 전전하며 살아온 우리가 드디어 우리 힘으로 (정확히는 은행과 함께) 집을 마련한다는 게 그 이유였을까? 뭐, 그 자체로는 충분히 이해할 만한 구석이 있었다.

그렇지만 이 과정에서 우리는 조금씩 지쳐 가고 있었다.

남산 케이블카를 타기 위해 계단을 오르다 바라본 서울의 중구 일대.
케이블카를 타기도 전에 그만 지쳐 버렸다.

투자와 주거의 딜레마, 그리고 뜻밖의 선택

나와 같은 학교에서 강의하시는 선생님께서 어느 날 이런 이야기를 하셨다. 돌이켜보니 자신의 인생은 지나치게 우발적인 선택의 연속이었다고. 자신은 고민거리가 생기면 선택할 수 있는 수백 가지 가능성을 떠올리고 이건 어떨까, 저건 어떨까, 각각의 장단점을 비교하는데, 문제는 정작 선택의 순간이 오면 그 수백 가지 옵션들에 없었던 이상하고 엉뚱한 길을 선택한다는 것. 실컷 합리적인 척하다가 끝에는 충동적인 선택만 하는, 그런 자신이 너무도 싫은데 도대체 매번 왜 이러는지 모르겠단다. 일종의 자아비판인 셈인데, 그때는 그 얘기가 재밌어서 실컷 웃고 말았지만, 어느 날 나에게도 비슷한 일이 벌어졌다. 어쩐지 마냥 웃기지만은 않더라니.

아파트 구입을 위해 Ⓝ과 나는 관심 단지의 정보를 치열하게 분석하고 있었는데 어느 날 갑자기 엑셀 시트 밖, 수백 가지 선택지에도 포함되지 않았던 엉뚱한 방향으로 눈을 돌리게 된 것이다. 하긴 그 선생님처럼 나도 늘 그런 식이었다. 사실 평생을 시각예술이나 디자인이라는 울타리 안에서만 살아온 우리의 시각으로 보자면 아파트 단지들이란 이름만 다를 뿐 모두 비슷비슷한 모습이었다. 그 이름들도 비슷비슷해서 직접 둘러보고 온 단지조차도 가끔은 어디가 어디였는지 헷갈릴 정도였다. 엑셀 시트 안에는 많은 단지들의 정보가 나열되어 있었지만 우리는 그 가운데 가장 마음에 드는 한 가지를 골라내지 못하고 있었다. 특별히 나은 것도, 못한 것도 없을 정도로 모두 비슷비슷했기 때문이다. 솔직히 말하자면 그 가운데 어떤 것이어도 상관이 없었다.

아파트를 보러 다닌 지 몇 달이나 지났을까. 끝없이 치솟는 가격과 무수한 선택지 앞에 어떤 결정도 내리지 못한 채 발만 동동 구르고 있던 2020년 10월의 어느 저녁이었다. 나는 갑작스러운 비보를 접하고 조문을 위해 대학로에 있는 서울대학교병원 장례식장으로 향했다. 당시 성북구에 있는 대학교에서 강의하고 있던 터라 성북동 대사관로를 거쳐 목적지로 이동하고 있었는데 마침 조수석에는 함께 장례식장으로 향하기 위해 퇴근 후 급히 합류한 Ⓝ이 앉아 있었다. 나는 황망한 마음으로 반쯤 넋이 나간 채 운전대를 잡고 있었고 이동하는 동안 이렇다 할 대화는 없었다. 성북동 부촌을 내려온 차는 성북초등학교를 거쳐 성북동과 혜화동을 가르는 한양도성 북측 성곽을 넘었다. 한양도성 녹색교통지역으로 진입했다는 내비게이션의 안내음과 함께 서울과학고등학교 옆길로 진입하자 몇 겹의 건물 숲 뒤로 남산 서울타워가 보였다. 내리막길의 끝에는 조그만 로터리가 기다리고 있었는데 로터리 중앙 화단에 예쁜 꽃들이 심겨 있었다. 긴 침묵은 갑자기 깨졌다. 지금도 그때의 기억이 생생한데 Ⓝ과 나는 누가 먼저랄 것도 없이 얘기했다.

"이 동네 진짜 예쁘다."

물론 더 이상 대화를 이어 나갈 상황은 아니었다. 그래도 정말 예쁜 동네였다. 장례식장에 들어서자 참았던 눈물이 흘렀다. 조문을 마치고 밖으로 나와 초점 없는 눈으로 하늘을 바라봤다. 시원한 가을밤이었다. 잠깐을 말없이 앉아 있었다. 그래도 삶은 계속된다. 그리고 나 역시 현실로 돌아갈 시간이었다. 밤거리를 지나 창경궁 옆에 주차해 놓은 차로 돌아오자 갑자기 머리가 맑아졌다. 나는 Ⓝ에게 물었다.

"우리 아까 그 길로 돌아가지 않을래?"

문득 그 동네를 다시 살펴보고 싶어졌다. 그곳이 혜화동이었다는 것은 나중에야 알게 되었다. 우리가 차로 넘어섰던 잘려진 성곽의 끝에 한양도성의 동소문에 해당하는 혜화문이 있다는 것도, 이전까지 내가 혜화동으로 오인하고 있었던 지하철 4호선 혜화역 주변은 사실 동숭동과 연건동, 명륜 4가가 혼재된 곳이라는 것도, 모두 한참 후에야 이해하게 되었다. 혜화동의 분위기는 시끌벅적한 혜화역 주변과는 사뭇 달랐다. 나지막한 주택들과 좁지만 잘 정비된 골목들 사이사이로 잠깐씩 모습을 드러내는 한옥들, 군데군데 잘려 나간 성곽을 받치고 있는 오래된 돌들은 이 동네가 지나온 시간이 결코 짧지 않음을 보여주었다. 작은 원형 교차로 앞에는 1988년도 서울 올림픽을 기념해 지어진 구립 체육관과 어린이들을 위한 극장이 있었고 골목골목을 뛰어다니는 아이들의 모습에선 왠지 모르게 사람 사는 냄새가 났다. 어슴푸레 어둠이 깔리고 가로등이 켜지자 하루를 마치고 집으로 향하는 사람들의 모습이 보였다. 우리는 차 안에 앉아 이 작고 평화로운 동네를 빙빙 돌고 있었다. 이윽고 Ⓝ의 입에서 중요한 질문이 나왔다.

"우리 그냥 이런 동네에서 살면 안 되나?"

도시형 한옥들과 빌라들이 뒤섞여 있는 혜화동 골목길.
혜화동의 아름다움은 곳곳에 살아남은 한옥들 덕분이다.

짤막한 질문은 오히려 나를 깊은 혼란에 빠뜨렸다. 그리고 이내 마음속에 커다란 폭풍을 몰아왔다. 단순하지만 문제의 본질을 건드리는 질문이었다.

"아, 어… 그, 그렇지만…."

나는 쉽사리 대답하지 못했다. 머릿속이 멍해지고 갑자기 망망대해 위에 놓인 배처럼 방향을 잃고 표류하는 듯한 느낌이 들었다. 어디서부터 잘못된 걸까.

한바탕 폭풍이 지나간 자리에 작은 깨달음이 남았다. 지난 수개월간 우리가 엑셀 시트와 함께 이룩해 낸 업적이 마침내 무너져 내리는 순간이기도 했다. 그날 밤 집으로 돌아와 차분한 마음으로 Ⓝ과 대화를 시작했다. 짧지 않은 시간을 함께해 온 그녀와 나의 역사를 돌이켜보면 우리가 좋아하는, 또는 좋아했던 곳들에는 일종의 공통점이 있었다. 대학 시절 데이트하던 대학로나 친구들과 만취해 비틀거리던 피맛골의 골목길, 좋아하는 카페가 여전히 자리를 지키고 있는 부암동, 국립현대미술관 서울관을 중심으로 한 삼청동과 북촌 일대, 스트레스가 쌓일 때면 속칭 '멍을 때리러' 가는 청운동의 청운공원과 인왕산 자락길의 무무대, 한국 손님보다 베트남 손님이 많다는 소문의 쌀국숫집을 찾다가 우연히 알게 된 창신동 일대. 당장 몇 군데가 떠올랐는데 모두 다른 곳이긴 해도 어쩐지 비슷한 구석이 있었다. 따지고 보면 모두 '종로구'라는 행정구역 안에 들어가 있기도 했다. 대학을 졸업하고 사회초년생으로 처음 저축을 시작했던 때에는 심지어 이런 곳 어딘가에 작은 우리집이 있었으면 좋겠다는 대화를 한 적도 있었다. 하지만 엑셀 시트 속에는 이렇듯 분명한 우리의 취향이 전혀 반영되어 있지 않았다. 경주마처럼 아파트만 바라보고 달려온 걸까? 물론 종로구 일대에도 적지 않은 수의 아파트 단지가 있었다. 슬프게도 Ⓝ과 내가 감당할 수 있는 가격이 아니었기에 엑셀 시트에 이름을 올릴 수 없었을 뿐이다. 그렇다고 해도 왜 다른 가능성은 살펴보지 않았을까? 한국을 정답 사회라고 빈정대면서도 정작 '답정너'의 태도로 집을 찾은 것은 아닐까? 오래된 꿈을 끄집어내 현실로 만들 기회가 있을지도 모르는데 말이다.

스스로 변명해 보자면 거기에는 그럴 만한 이유가 있었다. 그때는 미처 알아채지 못했지만 말이다. 우리는 집을 투자의 수단으로만 보고 있었는데 사실 이러한 관점은 자본주의 세계에서 너무도 당연한 것이었다. 집만 잘 사도 돈이 생긴다는데 누가 마다할까? 물론 우리는 성공적 투자를 위해 대출, 즉 '빚'이라는 약간의 위험을 감수해야 했지만, 지금의 빚이 미래에 더 큰 수익으로 돌아온다는 굳건한 믿음 탓에 그조차 큰 문제는 아니었다. 하지만 집을 투자가 아닌 살기 위한 곳, 즉 주거의 관점으로 바라본다면 우리는 엉뚱한 곳에서 답을 찾아 헤매고 있는 꼴이었다. 정작 우리가 삶을 영위하고 싶은 동네는 따로 있었고 그런 동네에 아파트라는 주거 형태는 흔치 않았기 때문이다. 좋은 투자와 좋은 주거, 두 가지 모두를 만족하는 선택지가 있었다면 정말 좋았겠지만 안타깝게도 우리는 좀처럼 그 두 점 사이의 간극을 좁히지 못하고 있었다. 그리고 그날 밤, 우리는 처음으로 그 두 점 사이에 존재하는 상당한 거리를 인식하게 되었다.

대화는 밤새 이어졌다. 그냥 좋아하는 곳에서 살면 안 되나? 그게 그렇게 미련한 짓인가? 그래도 어떻게 모은 돈인데? 성공적 투자의 조건과 우리가 원하는 주거의 조건 사이에서 갈등과 방황이 대화의 주된 내용이었다. 그간 인생의 갈림길마다 우리가 해 왔던 선택들도 곱씹어 보게 되었는데, 경제적인 관점에서는 오류투성이였다. 그래도 뭐, 어쩌겠는가? 내 인생 이렇게 흘러왔고, 내가 이렇게 생겨먹은 것을. 정답 사회 안에서 티 나지 않게 소소한 저항을 거듭하며 살아온 나는 결국 뜻을 같이하는 오랜 동지와 함께 또 다른 오답을 준비 중이었다.

사실 세상 모든 것들의 가치를 엑셀 시트 안의 숫자로 변환할 수는 없는 일이다. 어린 왕자도 장미 한 송이에 빗대어 얘기하지 않았는가? 우리는 대화 중간중간 인터넷으로 혜화동의 주택 매물들도 살펴보았다. 매물도, 거래량도, 서울의 다른 곳들과 비교하면 많지 않았다. 아파트의 그것처럼 샀다가 몇 년 후에 되파는, 투자 목적의 거래도 찾기 어려웠다. 투자 면에서 전혀 매력적이지 않은 상품인 것이다. 그래서인지 거래 가격의 변화도 상대적으로 느리고 완만한 듯 보였다. 큰 행운도 없지만 그렇다고 딱히 불행할 일도 없어 보였다. 고급 주택이나 한옥도 있었지만 큰 빚을 지면서까지 무리할 이유 또한 없어 보였다. '빌라'로 흔히 알려진 연립주택이나 다세대주택이 대안으로 떠올랐다. Ⓝ의 질문으로 시작된 밤샘 대화 끝에 우리는 관점을 바꾸기로 결정했다. 엉뚱한 방향으로

혜화동 골목길 풍경.
오래된 계단과 축대를 보면 어린 시절 추억이 떠오른다.

용감하게 나아가기로 한 것이다. 새로운 방향은 아파트라는 특정한 주거 형태보다 살고 싶은 동네를 상위에 두고 그 안에서 가능한 주거 형태를 찾아보자는 것이었다. 종로구와 중구, 사대문 안팎의 동네들이 후보지로 떠올랐다. 모두 우리가 평소에도 좋아하고 즐겨 찾는 곳들이었다.
복잡했던 감정은 어쩐지 기분 좋은 설렘으로 바뀌었다. 관점을 바꾸고 나니 완전히 다른 세계가 펼쳐졌다. 그리고 그날 이후, 엑셀 시트는 역사 속으로 사라졌다.

지금도 가끔 그날이 생각난다. 그날 밤 그 장례식장으로 향해야 할 이유가 없었다면 어땠을까? 또 굳이 왕복 1차선의 좁고 가파른 언덕을 올라야 하는 성북동 대사관로가 아닌 왕복 3차선의 일반적인 도로를 선택했다면 지금의 선택도 없었을까? 그랬다면 우리는 어디서 어떤 모습으로 살고 있을까? 이 모든 것은 철저히 우연이었을까, 아니면 필연이었을까?

혜화동 골목길과 멀리 보이는 북한산 보현봉.
혜화동에 진입하면 혜화역 주변의 번잡함은 사라진다.

◇ 사라진 고향, 동물원의 혜화동과 북촌 빌라마을 ◇

부동산 개발업자 정세권은 북촌 하면 떠오르는 인물이다. 한국에서 부동산 만큼 마음을 심란하게 만드는 단어가 또 있을까? 투자와 투기의 경계선. 절세와 탈세의 경계선. 욕망과 윤리의 경계선. 고상하고 점잖은 언사를 늘어놓던 분들도 부동산이라는 단어가 등장하는 순간, 희번덕 눈빛이 변하는 것을 여러 번 보았다. 그래서인지 부동산 개발업자라는 표현 자체에는 어쩐지 부정적인 느낌이 묻어 있는데, 정세권 선생은 사실 무척이나 좋은 투자자였다.

1888년 경남 고성에서 태어난 그는 도시형 한옥 공급이라는 독특한 방식으로 일제강점기 민족운동에 기여했다. 독립운동을 위해 선택한 방식이 바로 부동산 개발인 셈이니 2023년, 현대의 시선으로 보자면 무척 재밌는 부분이다. 그가 활약하던 당시의 상황을 요약하자면, 한일합병 이후 급증한 경성 이주 일본인들을 위해 명동과 남산 일대에는 '문화주택'으로 알려진 근대화된 일본식 주택이 빠르게 지어지고 있었다. 이런 문화주택은 일본인들뿐만 아니라 조선 상류층 사이에서도 유행인 지경이었다. 현재까지 그 일대에 남아 있는 일본식 주택들이 바로 그것인데 이런 은밀한 문화적 침략으로부터 조선의 집과 주거 형태를 지키는 것은 당연히 민족의 문화를 지키는 일이 아니었을까. 정세권 선생은 청계천을 그 저지선으로 삼았고 청계천 이북의 동네들에 도시형 한옥을 공급하는 사업을 벌였다. 현재까지 청계천 앞 익선동 일대를 시작으로 북악산 아래까지, 종로구 일대에 남아 있는 소형 한옥들 대부분이 이때 탄생한 것이다. 군대식 표현이긴 하지만 청계천 이북, 현재의 종로구가 일제의 주거 문화 침략에 대항하는 최후 방어선으로 설정된 셈이다. 개인적으로 더욱 놀라운 점은 이때 한옥 대단지가 건설된 많은 구역이 2023년 현재에도 근대 도시 문화 최후의 보루로 남아 있다는 것이다. 한옥부터 시작해 오래된 골목과 작은 집들이 어우러진 동네의 풍경을 간직하고 있는, 이미 서울에서는 몇 안 되는 곳이 되었으니 말이다. 당시에는 나름 도시형으로 설계한 효율적인 소형 한옥도 지금의 수직적인 도시가 요구하는 주거 유형과는 거리가 멀어진 지 오래다. 여전히 엊그제 같은 나의 어린 시절만 떠올려 보아도 서울은 그만큼이나 많이 변했다. 그리고 계속 변화하는 중이다.

종종 나에게는 고향이 없다고 생각하곤 하는데, 내가 어린 시절을 보낸 은평구 불광동은 여전히 존재한다. 심지어 그때보다 더 많은 사람이 살고 있다. 없어진 것은 '독박골'이라고 불렸던 산 아래 작은 동네인데 지금은 그 자리에 대규모

아파트 단지가 들어섰다. 언젠가 어린 시절이 생각나서 나에겐 고향이라 할 만한 동네의 흔적을 찾아가 본 적이 있는데 이제는 이름도 기억나지 않는 꼬마 친구들과 뛰어놀았던 뒷산 말고는 변하지 않은 게 없었다. 말 그대로 전혀 새로운 동네, 뉴타운이 되었는데 그나마 다행인 건 익숙했던 산과 바위만은 그대로였다는 것이다. 기억을 더듬어 가며 그 산에 올라 붉은 벽돌의 우리집과 골목골목 작은 이웃집들이 이어져 있었음 직한 방향을 뚫어져라 바라봤지만 찾을 수 있는 건 없었다. 산과 바위. 남은 건 그게 다였다. 그 이후로는 다시 그 동네를 찾지 않았다. 내 고향은 이제 기억 속에만 존재한다는 사실을 알게 되었기 때문이다. 안타깝지만 뭐 어쩌겠나. 영원한 건 없으니 말이다.

나와 달리 Ⓝ은 울산 외곽의 한 동네에서 유년 시절을 보냈다. 그리고 그녀가 살았던 아파트는 아직도 멀쩡하게 존재한다. 아빠 손을 잡고 갔었던 오일장도 여전히 열린다고 하니 크게 변한 건 없는 셈이다. Ⓝ에게 언젠가 함께 놀러가 보자고 했더니 가고 싶으면 혼자서 가라는 대답이 돌아왔다. 고향이 없는 사람이 더 그리워하는 걸까?

어린 시절 내가 기억하는 종로와 북촌은 '운종가'라는 옛 지명처럼 늘 사람들이 모여드는 곳이었다. 지금은 서울의 올드 시티, 이른바 구도심이라 불러도 손색이 없겠지만 나의 기억 속에서만은 모든 면에서 세련된 곳이었다. 북악산과 경복궁을 가로막은 일제의 조선총독부 건물이 국립중앙박물관으로 쓰였던 시절, 학교에서 그곳으로 소풍까지 갔었다고 얘기하면 종종 옛날 사람이라는 말도 들었다. 그런 종로의 동네들과 새로운 일상을 꿈꾸게 될 줄이야. 불과 얼마 전까지만 해도 상상도 하지 못한 일이었다.

집에 대한 관점을 수정하자 새로운 방식의 투어가 시작되었다. Ⓝ과 나는 그간의 경험과 현실적인 조건을 바탕으로 몇 개의 후보지를 선정했다. 익히 알려진 서촌 이외에 종로구 행촌동과 창신동, 혜화동이 물망에 올랐다. 자동차를 이용해 빠르게 둘러보던 건 두 발로 천천히 돌아보는 방식으로 변화했다. 인터넷으로 각 동네의 주택 매물을 확인하고 주말이면 하이킹을 가듯이 가벼운 차림으로 그 동네를 방문했다.

정돈된 계단 길 위로 보이는 한양도성 성곽은 행촌동과 창신동의 공통점이다.

매물을 살펴보고 나서는 천천히 일대를 걷다가 돌아오곤 했는데 중간중간에 동네에서 긴 시간 자리를 지켰음 직한 카페나 밥집도 들렀다. 이런 일종의 답사 활동은 각 동네에서의 일상을 상상해 보는 데 꽤나 도움이 되었다. 행촌동과 창신동은 각각 한양도성의 서측 성곽과 동측 성곽의 바깥에 위치한 동네다. 두 동네는 지형적으로 성곽 안쪽 도시를 방어하기 위한 탓이었는지 모두 경사가 급한 언덕에 오밀조밀하게 형성되어 있었는데, 그래서 동네의 꼭대기에 올라서면 항상 아름다운 전망이 기다리고 있었다. 행촌동 성곽마을의 꼭대기에는 인왕산 자락길로 이어지는 산책로가 연결되어 있었다. 이곳에 산다면 한양도성 서측 성곽과 인왕산 자락을 따라 산책을 즐길 수 있겠다는 생각에 마음이 설레었다. 지하철 독립문역이 근처에 있어 교통도 편리하고 영천시장이라는 오래된 전통시장의 존재 역시 매력적으로 다가왔다. 창신동도 일제강점기 채석장의 흔적이 절벽으로 남아 있는 주택가 꼭대기의 아름다운 전망은 물론, 동대문 특유의 활기찬 분위기에 이국적인 정취까지 더해진 점이 무척이나 마음에 들었다. 주로 동남아시아에서 온 이주민들이 만든 네팔 음식 거리나 베트남 식당 등이 지역 사회에 독특한 분위기를 더해 주고 있었다. 최근 두 동네에 재개발이 추진 중이라는 뉴스도 접하게 되었는데 성곽마을이라는 장소성이나 현대사적 특수성을 잃지 않으며 찬란한 변화를 꿈꾸길 기대한다. 언급한 두 동네 외에도 하이킹을 다니면서 익숙하다고 생각했던 종로구와 중구 곳곳에 숨어 있는 많은 동네를 알게 되었다. 물론 처음 우리의 관점을 전환해 준 동네도 잊지 않았다.

혜화동은 시간이 갈수록 더욱 마음에 드는 곳이었다. 그 일대가 행정구역상 혜화동이었음을 알게 되자 문득 동명의 노래가 떠올랐다. 워낙에 유명한 곡이지만 그룹 '동물원'과 함께 학창 시절을 보냈을 정도의 옛날 사람은 아니었던 터라 멜로디 정도만 기억하고 있었는데 그제야 가사를 찾아보니 지금도 공감을 불러일으키기에 충분했다. 성인이 되어 어딘가로 멀리 떠나는 어린 시절 친구를 마지막으로 만나러 가는 길. 약속 장소는 함께 뛰놀던 혜화동 골목길이었다. '덜컹거리는 전철을 타고 찾아가는 그 길'이라는 가사를 보고는 어쩐지 사라진 나의 고향에서의 추억도 함께 떠올랐다. 30년도 더 된 노래와 함께 혜화동은 결국

여름날, 사직동에서 행촌동으로 오르는 골목길 풍경.
행촌동 꼭대기에서는 한양도성의 성곽과 시원한 전망이 기다린다.

낙산성곽길 양옆으로 창신동과 이화동에는 여전히 많은 사람이 살고 있다.

위험
DANGER
천천히
SLOW

채석장 터 위에 올라선 오밀조밀한 주택가가 바로 창신동이다.

경쟁자들을 제치고 최종 후보지로 선정되었다.

몇 번의 답사를 통해 혜화동에 대해서만큼은 눈을 감아도 골목골목을 그릴 수 있는 수준이 되었고 결국 우리는 한 연립주택의 계약을 목전에 두고 있었다. 다주택자였던 당시 집주인은 세금 문제로 매매 시기를 저울질하고 있었는데 그분이 계약을 서둘렀다면 아마도 우리는 지금 그곳에서 살고 있었을 것이다. 그러나 계약이 조금씩 지연되던 차에 또다시 뜻밖의 선택지가 날아들었다.

주말 하이킹으로 사대문을 누비는 동안에도 우리는 북촌만큼은 진지하게 생각해 본 적이 없었다. 그 이유는 아마도 선입견 때문이었을 것이다. '북촌 한옥마을'이라는 익히 알려진 이름에서 알 수 있듯이 북촌은 주거 형태 가운데 한옥의 비율이 상당히 높은 곳이다. 한옥 이외에 북촌과 관련해서 나의 기억을 채우고 있던 것은 으리으리한 저택들의 이미지였는데 이 또한 분명한 사실이다. 따라서 북촌에는 우리가 찾는 조건의 주거 형태는 없을 것이라 예단했다. 알고 보니 이는 전혀 사실이 아니었다. 계약 의사를 표시했던 혜화동 연립주택의 집주인이 시간을 끄는 동안 창덕궁 옆에 위치한 한 다세대주택 매물이 우리의 흥미를 끌었다. 처음에는 직접 보러 갈 생각까지는 하지 않았다. 결승선이 눈앞에 와 있는데 또다시 뒤로 돌아가기가 귀찮기도 했고 혜화동이 그만큼 마음에 들기도 했다. 그러나 차일피일 시간이 흐르자 한번 확인해 볼 필요는 있지 않겠냐는 쪽으로 의견이 기울었다. 결국 부동산에 연락하여 약속을 잡고 가벼운 복장으로 북촌 나들이에 나섰다.

공인중개사와 해당 주택 앞에서 만나기로 했는데 지하철 안국역을 나와 목적지까지 찾아가는 길이 매우 흥미로웠다. 북촌에는 이미 여러 번 와 봤지만 거기는 이전까지 한번도 들어와 본 적이 없는 구역이었다. 관광객들이 즐겨 찾는 거리와 지척이었지만 분위기는 순식간에 달라졌다. 한 바퀴를 도는데 걸어서 5분 남짓한 좁은 구역에 빌라로 알려진 연립주택과 다세대주택들이 몰려 있었다. 골목골목 차가 들어가기 불가능할 정도로 좁은 길도 많았다. 하지만 비좁고 경사진 골목과 골목을 연결하는 계단과 보행로는 의외로 깔끔하게 정돈되어 있었고, 한 골목에

원서동 빌라를 보고 돌아가는 길, 우리는 또다시 혼란에 빠졌다.

들어서자 타임머신을 타고 과거로 돌아가는 듯한 기묘한 느낌까지 받았다. 40에 접어든 나이에 종로 한복판, 그것도 북촌에 와서 고향을 느끼게 될 줄이야.

우리가 보러 간 집은 한 빌라의 꼭대기 층이었는데 4층에 불과했지만, 계단실 창문 너머로 보이는 풍경은 이상하리만치 시원함을 선사했다. 내려와서 생각해 보니 그것은 5층 이상의 건물을 찾아보기 힘든 북촌과 서촌 일대의 특성 때문이었다. 집 안으로 들어서자 동쪽으로 난 창으로 일대에 늘어선 빌라들이 보였고 빌라들 사이로는 창덕궁의 후원과 더불어 멀리 낙산이 빼꼼 모습을 드러냈다. 서쪽으로는 서촌 일대와 인왕산을 시작으로 북소문에 해당하는 부암동의 창의문을 거쳐 북악산으로 연결되는 한양도성 성곽의 흐름이 훤히 내다보였다. 마침 집에 있던 또래의 세입자 부부와 짧은 대화를 나눴는데 여러모로 우리와 공통점이 많았다. 집은 특별히 수리한 적도 없었고 대부분 90년대에 지어진 당시 모습 그대로였다. 촌스럽다면 촌스러웠지만 경험 있는 작가와 디자이너였던 Ⓝ과 나는 이내 적지 않은 가능성을 발견했다.

그 집을 나와 우리는 또다시 혼란에 빠졌다. 결승선이 코앞인데 딴생각이라니. 하지만 이번만큼은 기분 좋은 혼란이었다. 우선 올라오는 길에 봐 둔 카페에 자리를 잡았다. 서로 이런저런 생각을 쏟아 냈다. 한참 후에 둘러보니 무심결에 들어온 카페조차 무척 마음에 들었다. 집에서 1, 2분 거리에 이런 카페가 있다니. 오래된 카페는 동네에서 정성껏 장사하시는 분들이 계시고 최소한 젠트리피케이션이 진행 중이지는 않다는 증거이기도 했다. 망설일 이유가 없었다. 얼마 지나지 않아 나는 부동산에 앉아 계약서에 서명하고 있었고 그렇게 엉겁결에 우리의 집 찾기 여정은 마무리되었다.

후에 나는 이 구역을 '북촌 빌라마을'이라 이름 붙였다. 여기서 처음으로 공개하는, 내 멋대로 붙인 이름이니 개의치 말길 바란다. 북촌 한옥마을에 가려져 있지만 적지 않은 사람들이 평화롭게 살고 있는 이 구역에 대한 애정을 담았다. 북촌 빌라마을이 속한 '원서동'이라는 지명은 창덕궁 후원의 숲인 비원의 서쪽에 있다고 해서 붙여졌다는 설과 일제가 창경궁을 격하시켜 만든 창경원의 서쪽에 있다고 해서 붙여졌다는 설이 있다. 알 수 없는 노릇이지만 어쩐지 아름다운 이름이다. 북촌의 원서동에 정착하게 된 것은 철저히 우연이었다.

집 찾기 여정의 첫사랑이나 다름없었던 혜화동은 이제 주말마다 수영을 즐기기 위해 들르는 곳이 되었다. 구립 체육관에서 수영을 마치면 혜화동에서 점심을 먹곤 하는데 아직도 그 동네를 참 좋아한다. 서촌과 행촌동은 종종 인왕산 자락길이나 한양도성 순성길을 걸으며 만나곤 한다. 베트남 현지식 쌀국수를 먹고 싶어지면 여전히 창신동으로 향한다. 여정에서 만난 동네들은 그렇게 북촌을 중심으로 한 새로운 일상의 일부가 되었다.

한옥마을 너머 언덕 위에 보이는 '북촌 빌라마을'.
북촌에는 다양한 주거 형태가 공존한다.

눈 내린 북촌과 북악산.
멀리서 바라보면 북촌에 한옥만 있는 것은 아니다.

SLOC와 슬로 북촌

이탈리아의 석학이자 사회혁신을 위한 디자인을 주제로 2009년 세계 유수의 디자인 대학들을 연결하기 시작한 데시스 네트워크(DESIS Network)의 설립자인 에치오 만치니(Ezio Manzini)는 저서《모두가 디자인하는 시대》에서 새로운 시대의 디자인은 거시적인 것보다는 미시적인 것에 집중한다고 했으며, 이러한 흐름을 'SLOC'라는 시나리오로 설명했다. SLOC는 약자로 '작고(Small) 지역적이며(Local) 열려 있고(Open) 연결된(Connected)' 것을 의미한다. 그 요지는 디자인이 보다 나은 사회를 위해 작은 규모와 지역적인 특징에 집중해야 한다는 것이다. 나는 그의 책을 읽으면서 무릎을 탁! 치고 말았는데 바로 북촌에서도 이러한 특징이 잘 나타나고 있다고 생각했기 때문이다. 정말이다. 내가 사는 곳이라서 하는 이야기가 아니라 SLOC의 특성 가운데 무엇 하나 이 동네에 해당하지 않는 것이 없다.

먼저 북촌은 율곡로 이북으로 삼청동까지 남북으로 800~900미터 남짓한 작은(Small) 동네다. 서쪽으로는 경복궁이 동쪽으로는 창덕궁과 창경궁이 놓여 있다. 한양도성 성곽의 전체 길이가 동서남북으로 약 18.6킬로미터에 불과하다니 북촌이 현대의 서울에서 얼마나 보잘것없는 면적을 차지하고 있는지는 설명할 필요도 없다. 너무 크면 하나의 동네로 인식되지 않고 너무 작으면 정체성이 형성되기 힘들다. 북촌은 작고 하루 정도면 둘러보기 적당한 크기인데 그렇다고 하루 만에 모든 것을 둘러볼 수는 없다. 직선으로는 짧은 거리이긴 하나 중간중간 불규칙하게 뻗어나가는 골목들 탓이다. 이 골목들의 길이를 모두 합친다면 10킬로미터는 족히 넘지 않을까? 작지만 알찬 것의 매력을 잘 보여주는 동네라고 할 수 있겠다.

두 번째로 북촌은 지역명 자체가 브랜드로 인식되는, 서울에서 몇 안 되는 강한 정체성을 가진 동네다. 서울에 사는 사람치고 북촌이라는 이름을 모르는 사람이 있을까? 북촌이 당최 어디서부터 어디까지인지 정확히 알고 있지는 못하더라도 말이다. 북촌이라는 브랜드는 익히 알려진 가회동 외에도 행정적으로 훨씬 더 많은 구역을 포함한다. 북쪽으로는 삼청동을 시작으로 팔판동, 소격동, 사간동, 송현동, 화동, 재동, 계동, 원서동 등 경복궁과 창덕궁 사이, 율곡로 이북의 많은 동네가 북촌이라는 단일 브랜드로 인식된다. 하지만 이렇게 세분된 지명들은 행정적인 구분일 뿐 북촌의 실제 면적은 서울의 웬만한 지역의 한 개 동 수준이다. 역사에 관심이 깊은 사람이 아닌 다음에야

저 많은 법정동의 이름과 유래를 기억할 이유 또한 없다. 모두 북촌이라는 넓은 지붕 아래 사이좋게 존재하는 셈이니 말이다. 상황이 이렇다 보니 북촌 일대에는 지역의 이름을 딴 크고 작은 축제도 존재한다. 봄이나 가을, 이 일대에서 북촌이라는 지명이 포함된 캠페인을 발견하기란 어렵지 않다. 어디를 가도 북촌, 또 북촌이다. 당연히 주민들만을 위한 축제도 아니다. 북촌의 지역성은 마을 구성원끼리 협동하고 돕는 농촌 지역성과도 다른 것이다.

북촌이 가지는 뚜렷한 지역성의 정체는 무엇일까? 여기에는 나 역시 여전한 호기심을 가지고 있는데 최근 들어 짐작하게 된 바 있다. 북촌 주민들이 가지고 있는 일종의 자부심이 바로 그것인데, 이렇게나 빠르게 변화하는 도시 한복판에서 이렇게나 아름다운 동네를 지켜 나가고 있다는 공감대나 연대 의식이 자부심이라는 형태로 발현되어 다양한 지역주민들을 하나로 묶어 주고 있는 것은 아닐까? 꼭 멋들어진 저택이나 한옥에 사는 게 아니더라도 말이다. 오래전 재개발 대신 동네의 보전을 택했던 서촌처럼 북촌에서도 주민들 사이에 조용한 연대가 지속되고 있는지도 모른다.

마지막으로 북촌은 열려 있음(Open)으로 모든 곳과 연결되는 (Connected) 곳이다. 북촌은 더 이상 이곳에 살고 있는 주민들만을 위한 공간이 아니라 이곳을 찾는 모두의 공간이 되었다. 한양이 닫혀 있는 성곽 도시이자 팔도를 연결하는 조선의 수도였던 것처럼 도성 안에 속한 북촌도 변화하는 도시 문화 속에서 과거와 현재, 미래를 연결하는 나름의 역할을 충실히 수행 중이다. 조선의 태조 이성계가 새로운 도읍의 주산으로 인왕산을 주장하던 무학대사 대신 북촌의 백악산(북악산)을 내세우던 정도전의 손을 들어 주자 신하들은 당시 한양(남경)의 입지적 특성에 대해 이렇게 묘사했다.

> "그윽이 한양을 보건대 안팎 산수의 형세가 훌륭한 것은 옛날부터 이름난 것이요. 사방으로 통하는 도로의 거리가 고르며 배와 수레도 통할 수 있으니 여기에 영구히 도읍을 정하는 것이 하늘과 백성의 뜻에 맞을까 합니다." 《태조실록》

정독도서관 위로 보이는 국립민속박물관과 멀리 인왕산 아래의 서촌.
이성계가 무학대사의 뜻을 따랐다면 인왕산 아래 경복궁이 놓였을 것이다.

북악산과 인왕산의 산세만큼은 그대로인 현대의 북촌과 서촌에도 비슷한 평가가 가능할 것이다. 게다가 이제는 교통뿐만 아니라 유행도 사람도 흐르는 곳이다. 북촌은 전통만을 강요하는 곳이 아닌 전통과 첨단이 공존하며 그 사이에서 다양한 시도가 일어나는 곳이다. 학생들이나 젊은 연인들부터 기성세대들까지, 일하는 사람들부터 사는 사람들까지, 내국인부터 외국인 관광객까지 북촌을 찾는 사람들의 종류도 목적도 다양하다. 북촌은 모두가 한데 어우러지는 일종의 멜팅 스팟(Melting Spot)인 셈이다. 그리고 그 개방과 연결을 바탕으로 활발하게 진화하는 중이다.

하지만 신기하게도 모든 변화가 거북할 정도로 빠르게 일어나지는 않는다. 북촌 이외에도 사람들이 모이는 곳은 얼마든지 있지만 다른 곳들과 북촌의 차이는 확연히 드러난다. 마치 이곳에서는 감당할 만한 신선한 변화가 적당한 속도로 일어나는 느낌이다. 이런 점에서 나는 북촌을 설명하려고 빌려왔던 SLOC 시나리오의 네 가지 키워드에 한 가지를 추가하고 싶은데 그것이 바로 슬로(Slow), 즉 느릿한 변화다.

처음 이곳에 이사 와서 계동길을 걸으며 흥미롭게 본 것이 있다. 바로 적지 않은 수의 점포에서 창이나 문에 붙여 둔 가게 운영자의 흑백사진들이었다. 철물점부터 슈퍼, 편의점, 공방, 카페 등 계동길을 채우는 상점들의 종류는 다양하다. 그중에서도 나이 지긋한 주인분들의 활짝 웃고 계시는 전신사진이 깔끔하게 부착된 곳들은 확실히 눈에 띄었다. 후에 이 사진들이 대동세무고등학교 입구에 있는 물나무 사진관에서 촬영한 일종의 지역 기반 문화 예술 프로젝트였다는 사실을 알게 되었다. 오래전부터 계동길에 뿌리를 내리고 계신 분들이 일종의 인증마크처럼 자신의 사진으로 가게 입구를 장식하고 있는 셈이었다. 이사 후 이런저런 일이 생길 때마다 이런 가게들을 먼저 찾게 되었다. 관광객들이나 외지인들이 태반인 거리에서 그 사진들을 보면 어쩐지 정체불명의 믿음이 생겨났다. '사장님, 저 여기 사는데요.' '저 여기 자주 오는데요.' 하고 상호 경계를 해제하기 위해 멋쩍은 인사를 건네야만 할 것 같은 느낌도 들었다.

나는 북촌에서 느릿한 변화가 가능한 이유로 적지 않은 양의 규제를 꼽고 싶다. 규제라는 말이 어쩐지 좋게 들리지만은 않지만 좋은 규칙과 규제는 인간의 끝 모를 욕망에 대응하는, 공동체를 위한 최소한의 보루이기도 하다. 동네를 지배하는 규칙을 처음으로 발견한 것은 집 안에 들어와 서쪽으로 난 창을 바라본 때였다. 창 앞에 서서 일대를 바라보면 북악산 일원을 시작으로 인왕산 밑 서촌에 이르기까지 시원한 전망이 확보된다. 처음에는 단순히 전망이 좋다는 생각이었지만 갈수록 어쩐지 수상한 지점도 있었다. 경복궁 주변부야 고궁 근처라 그럴 수 있겠다 쳐도 인왕산 아래, 서촌의 꼭대기라고 할 수도 있는 배화여자대학교나 옥인연립까지 내다보이는 것은 조금 이상했다. 가까운 거리가 아님에도 아파트나 고층 건물이 중간중간 등장해 시야를 차단하는 경우가 사실상 전무했다. 덕분에 인왕산과 북악산의 산세도 가려진 부분 없이 드러났는데, 볼수록 일반적인 도시의 풍경과 상이했다.

일반적인 도시의 풍경은 도로 하나를 두고 초고층 건물이 즐비한 율곡로 남쪽에서 찾을 수 있었는데 북촌과 지척이긴 해도 도시 경관은 판이하게 달랐다. 빌딩 숲이 만들어 내는 스카이라인. 내가 알고 있던 진짜 도시의 모습은 그곳에 있었다. 후에 주택을 매매하는 과정에서 오갔던 서류들을 정리하다가 한편에서 의미심장한 문구들을 확인할 수 있었다. '역사문화특화경관지구', '절대보호구역', '문화재보존영향 검토대상구역'. 아름답지만 무시무시한 이름들이 이 일대가 심상치 않은 동네임을 확인시켜 주었다. 이는 일대에 시원한 전망이 확보될 수 있는 배경이기도 했다. 낮은 도시와 느릿한 변화는 저절로 가능한 것이 아니었다. 창덕궁을 시작으로 인왕산 아래 서촌까지는 5층 이상의 건물이 거의 존재하지 않는다. 게다가 광화문 앞, 옛 의정부 터에서 오랜 시간 진행 중인 문화재 발굴조사처럼 이곳에서 빠른 속도의 변화와 개발이란 애초에 불가능한 것이다. 물론, 미래에 어떤 일이 벌어질지는 알 수 없지만 말이다.

여기까지 생각이 미치자 문득 느릿한 북촌의 미래가 궁금해진다. 10년이나 20년 후쯤 북촌에서 여전히 우리의 욕망은 잘 통제되고 있을까? 그때의 우리 공동체는, 북촌 주민들은 어떤 가치에 동의하고 있을까? 그리고 그로 인해 북촌의 모습은 어떻게 변화해 갈까?

율곡로 남쪽의 빌딩 숲(사진 왼쪽)과 대비되는 나지막한 북촌과 서촌.
수직적인 현대 도시 한가운데 남겨진 낮고 오래된 동네다.

나의 출근길을 아름답게 장식하는 원서동 골목길 풍경.
멀리 인왕산 뒤로 안산이 겹쳐 보인다.

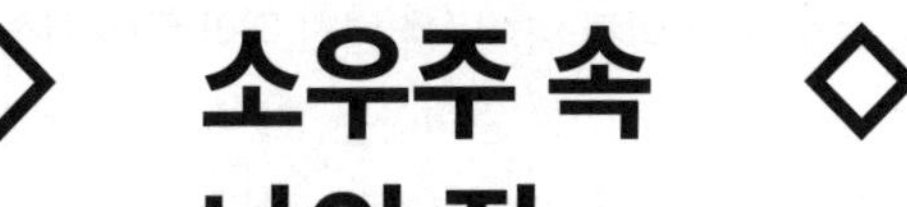

소우주 속 나의 집, 디자이너의 집수리

나의 경우는 북촌에 정착한 지 이제 막 1년을 넘긴 터라 동네 구석구석을 훤히 알고 있지는 못하다. 조금씩 알아 가는 중이라는 표현이 적합한데 이 작은 동네가 속한 한양도성 내부는 현대의 개념으로는 상당히 작은 구역이지만 긴 시간 일국의 수도로 기능했던 곳이자 전쟁과 침략에서 살아남은 무수히 많은 문화재가 현대적 건축과 뒤섞여 있는 곳이다. 그것들이 만들어 내는 특유의 분위기가 서촌, 북촌, 힙지로와 같은 이름으로 사람들을 불러 모으는 셈인데, 나는 최근 종로구와 중구에 걸쳐 있는 이 성곽도시가 소우주와 같다고 생각하고 있다. 그 이유인즉슨 이 작은 구역 안에 주거지역부터 준주거지역, 중심상업지역, 일반상업지역, 자연녹지구역 등 다양한 용도로 구분된 도시공간이 총망라되어 있음은 물론 연결되는 듯하다가도 끊어져 있고 때로는 막다른 길로 안내하는 수많은 골목 탓에 공간을 동서남북으로 명확하게 인식하는 것도 사실상 불가능하기 때문이다. 이러한 골목들은 종로구와 중구 이곳저곳을 여전히 연결하는데 아는 것 같다가도 모르게 되니 그냥 우주의 그것처럼 무한함으로 인식하는 편이 속 편하다. 예상치 못한 좁은 골목 끝에 갑자기 새로운 핫플이 들어서 주변부를 밝히다가도 이내 사라져 버리는, 골목골목 생성과 소멸을 반복하는 특징도 있다.

도시계획학 박사이자 《타임》 선정 '차세대 리더 100인'에도 선정된 바 있는 건축가 김진애는 저서 《우리 도시 예찬》에서 우리 도시를 잡종에 비유했는데, 몇 문구 빌리자면 잡종이 매력적인 이유는 수없이 많은 변종을 만들어 내기 때문이다. 무수한 변종을 만들어 내는 잡종이라니, 전통과 현대의 경계에서, 주거와 관광, 산업의 경계에서 많은 것들이 태어나고 사라지는 이 동네에 딱 어울리는 표현 아닌가? 하긴 그렇다고 나 따위가 어찌 이 우주의 질서를 이해할 수 있으랴. 역시 아직은 잘 모른다고 얘기하는 편이 옳겠다.

지난 1년 중 북촌에서의 가장 큰 추억은 역시 석 달에 걸친 집수리 과정인데, 우리집도 결과적으로 잡종이 되었다. 오래전이긴 해도 첫 직장에서의 담당업무가 계약 사항에 맞춰 기본적인 건축 도면을 그려 내는 '설계'였던 만큼 나름대로 자신이… 없었다. 가지고 있던 자신감의 크기만큼이나 예산도 부족했는데 적은 돈은 아니지만 약 천만 원 안에서 모든 것을 해결해야만 했다. 빈약한 예산 대신 신체는 건강하신 분들께 이런 경험이 참고가 될지도 모르겠다.

그나마 다행스럽게도 Ⓝ과 나 모두 기존에 존재하는 모든 것을 뜯어 내거나 새로운 마감재로 뒤덮는, 소위 '올수리' 방식은 선호하지 않았다. 때문에 이 빌라가 지어졌을 당시인 1990년대의 많은 흔적과의 공존을 디자인의 주된 방향으로 설정했다. 작은 변화는 적은 공사비를 의미하기도 하지만 기존의 맥락 위에 연속성을 부여하는 것이기도 하다. 전통과 현대의 조화는 디자이너라면 늘 고려하는 일 아니겠는가? 우리가 집을 구매했을 당시에는 또래의 부부가 세입자로 살고 있었는데 비슷한 처지였던 친절한 부부 덕에 미리 집의 구석구석을 둘러볼 수 있었다. 사실 큰 계획은 세입자분들의 계약기간이 꽤 남아 있었던 이 시기에 수립되었다고 봐도 무방한데, 첫 번째로는 기존의 공간을 구성하는 요소들을 살릴 부분과 없앨 부분으로 구분했고 두 번째로는 직접 할 수 있는 부분과 전문가의 손길이 필요한 부분을 구분했다. 물론 늘 그렇듯 모든 일이 계획대로 흘러가진 않는다.

시작은 30년 묵은 도배지를 제거하는 일이었다. 공정상 가장 먼저이기도 했지만 가장 큰 체력 소모가 예상되는 일이었던지라 초반에 어떻게든 끝을 보는 편이 좋아 보였다. 우리는 도배지를 대신해 페인트로 칠해진 깔끔한 벽을 가지고 싶었는데 그렇게 하기 위해서는 당연히 회색빛의 콘크리트 벽이 모습을 드러낼 때까지 켜켜이 쌓인 도배지를 제거하는 것이 순서였다. 사실 목표가 페인트로 칠해진 벽이라면 쉬운 선택은 도배지가 발린 기존의 벽 위에 못 본 척 석고보드를 덮는 것이다. 깔끔한 석고보드의 표면을 바라보며 안에 무엇이 있었는지는 잊어버리면 된다. 하지만 이 경우, 대단한 수준은 아니라도 석고보드로 벽체를 세우는 데 필요한 두께만큼 집은 좁아진다. 또한 달라진 벽체의 두께에 따라 문틀과 문까지 교체해야 하는 연쇄 작용이 있다. 넓은 집도 아니고 돈도 부족했기에 당연히 몸으로 때우기로 한 것이다. 촌스럽지만 어쩐지 친근한 모습을 하고 있는 90년대의 문짝과 공존하고 싶다는 이유도 있다. 이미 비슷한 이유로 도배지를 제거한 경험이 있는 친구 몇몇이 극구 만류했지만 나는 전진했고 결과적으로 그들이 옳았음을 깨달았다. 돌이켜보면 좋은 추억이지만 다시는 가고 싶지 않은 길이다.

두 번은 하고 싶지 않은 벽지 제거. Ⓝ은 보호 장비를 완전 착장하고 작업에 나서야 했다.
체력과 용기를 겸비하신 분들만 도전하시라.

외상 후 스트레스 장애도 약간 얻었는데 지금은 도배지 제거 도구만 봐도 가슴이 두근거리고 기분이 좋지 않다. 공용 계단실에 딸린 조그만 옥탑방에서 켜켜이 쌓인 벽지를 한 겹씩 벗겨 내는 과정이 이 지난한 작업의 하이라이트였는데 마지막에는 초배지로 쓰였던 90년대 신문지를 발견했다. 당시의 기사도 읽을 수 있는 수준이었다. 집이 지어졌을 당시의 세상도 혼돈 그 자체였음을 알 수 있었다.

싱크대 교체와 창호 교체, 욕조 교체는 전문가의 도움을 받았다. 인테리어 관련 쇼핑몰 등 온라인상에서 좋은 평판을 가지고 계신 분들께 연락했는데 역시나 견적부터 시공까지 모두 프로페셔널한 분들이었다. 창호는 멀쩡한 것은 두고 문제가 있는 일부만 교체하기로 했다. 기존 창 가운데는 충분히 좋은 전망을 확보할 수 있음에도 반투명 유리가 끼워져 있거나 창호 종류가 아쉬운 부분도 있었다. 이런 부분에서는 가급적 과감한 선택을 했다. 기존 싱크대의 낡은 상판은 천연 대리석으로 되어 있었는데 철거하시는 기사님께서 이런 타입은 정말 오랜만에 보신다며 감탄을 거듭하셨다. 몇 해 전까지만 해도 중소기업 임원이셨다던 기사님은 1톤 트럭을 몰고 다니며 철거일을 하는 지금이 더 행복하다고 하셨다. 내가 어깨너머로 배운 대로 이것저것 도와드린 것이 마음에 드셨는지 50세 정도 되었을 때 지금 하는 일이 잘되지 않으면 자신에게 꼭 연락하라고 명함까지 주고 가셨다. 특별히 잘될 만한 구석도, 큰 욕심도 없기에 명함은 잘 간직하고 있다.

충분히 직접 해결할 수 있는 부분이라고 생각했지만, 뚜껑을 열어 보니 그렇지 않은 경우도 있었다. 수전 교체가 대표적이었는데 2, 3일이 지나자 호기롭게 교체한 욕실과 세탁실의 모든 수전에서 이상 반응이 포착되었다. 수전 주변에 물이 고이거나 흐르기 시작한 것이다. 뭔가 사고가 터졌음을 직감했다. 오래된 집일수록 기존의 수전을 배관과 분리할 때는 몇 가지 공구와 함께 상당한 주의가 필요한데 손에 잡히는 공구로 무턱대고 힘을 주어 돌려 버린 것이 화근이었다. 벽 안쪽으로 매설된 배관에 균열이 생긴 것이 분명했다. 눈앞이 하얘졌다. 다행히 근처의 배관업체를 불러 문제를 해결했지만 이 과정에서 적지 않은 비용이 들었다.

전문가의 도움으로 순조롭게 진행된 창호 교체 공사.
인터넷을 뒤져 연락한 사장님은 친절하고 고마운 분이셨다.

타일 안쪽으로 매설된 배관의 누수 지점을 찾기 위한 작업.
배관 기사님은 침착하게 사고를 수습해 주시고 유유히 사라지셨다.

침대 대신 카펫 타일이 깔린 조그만 침실.
바닥에 눕는 전통적인 방식은 침구만 접으면 공간의 용도를 바꿀 수 있다.

발을 동동 구르며 배관 기사님이 작업하시는 것을 지켜봤는데 알고 보니 상당한 기술과 경험이 필요한 일이었다. 그제야 DIY를 지양해야 하는 분야임을 깨달았다. 또한 사고를 수습하는 과정에서 멀쩡했던 20세기 말 타일의 일부가 박살이 났다. 안쪽으로 매설된 배관의 어딘가, 누수가 생긴 지점을 찾기 위해 어쩔 수 없는 선택이었다. 깨어진 부분은 이른바, 갬성한 스푼을 추가한 백시멘트로 적당히 채우기로 했다. 세기말의 타일은 제법 단단하게 구워져 있었고 색상과 무늬가 독특해서 무척이나 마음에 들었는데 일부가 손상되었다고 해서 모두 새것으로 덮어 버리고 싶지는 않았다.

엉겁결에 선택한 차선책이 좋은 결과로 이어진 경우도 있었다. 우리는 바닥재로 카펫 타일을 선택했는데 부드럽고 따뜻한 느낌의 소재도 마음에 들었지만, 무엇보다 셀프 시공이 용이하다는 것이 주효했다. 자재비만 부담하면 인건비를 절약할 수 있으니 좋은 선택이었던 셈이다. 문제는 기존 바닥재를 제거하는 과정에서 발생했는데 거실과 주방의 바닥에 깔려 있었던 오래된 접착식 타일이 좀처럼 떨어질 줄을 몰랐다. 그 자리에 30년이나 붙어 있던 녀석이니 그럴 수 있겠다 쳐도 거실 중앙에 해당하는 일부분이 특히 문제가 되었다. 층간 소음 걱정에 시끄러운 공구를 사용하기도 어렵고 이것저것 부어 가며 본드를 녹이고 조금씩 떼어 내자니 시간이 너무 오래 걸렸다. 내가 접착식 타일과 결투를 벌이는 동안 다른 작업을 도와주러 온 친구가 가만히 그 꼴을 바라보았다. 그러더니 한마디를 툭 내뱉었다.

"안 떼지는 부분은 그냥 두면 안 돼?
한 공간에 한 가지 바닥재만 쓰라는 법도 없잖아?"

친구의 의견에 머릿속에서 번개가 쳤다. 생각지도 못한 아이디어였다. 역시 전업 작가인 그가 수많은 SNS 팔로워를 거느린 데는 이유가 있었다. 마침 기존의 바닥재와 우리가 사 온 카펫 타일의 높이도 엇비슷했다. 곧바로 남겨질 바닥재 모양을 반듯하게 정리하고 그 옆으로 새로 사 온 카펫 타일을 이어 붙였다. 효과는 오히려 좋았다. 집의 탄생과 함께했던 자재 일부와 공존한다는 점도, 이쯤에서 결투를 끝낼 수 있다는 점도

각종 소품과 오래전에 만들었던 작품들, 식물들이 뒤섞여 있는 거실.
짧지만 작가로 활동했던 Ⓝ의 역사가 이곳저곳에 놓여 있다.

DUAL Inverter

거실 책상에 앉아 북촌 풍경 감상하기.
작은 침실 방 창문 너머 넓은 경치를 본다.

마음에 들었다. 이 자리를 빌려 그 친구에게 감사를 표한다. 모든 일이 계획대로 흘러가진 않지만 그렇다고 꼭 나쁜 결과로만 이어지는 것도 아니다.

정돈된 공간은 Ⓝ과 함께한 짧지 않은 시간 동안 이곳저곳에서 모은 소품들과 가구가 채웠다. 이 집처럼 하나같이 적당한 세월을 머금은 물건들이다. 그중에서도 Ⓝ과 내가 정성을 들여 개조한 오래된 책상은 늘 방문객들의 시선을 사로잡는데, 정체를 묻는 몇몇 친구들에게 저 멀리 덴마크에서 온 60년대 빈티지 물건이라고 거짓말을 했다. 믿지 않는 친구는 없었다. 물론 전혀 사실이 아니지만 말이다. 정확히는 성북구 소재의 한 대학에서 수명을 다하고 버려진, 어느 목수의 손을 거쳤을 순수 한국산이다. 90년대의 공간과 다양한 시대에서 온 가구, 소품들을 자연스럽게 연결하는 역할은 우리가 좋아하는 식물들이 담당했다. 조형적으로 보자면 이것들은 일반적인 소품과 결정적인 차이가 있는데 매 순간 형태가 변한다는 것이 바로 그것이다. 생명체인 이 녀석들은 이 글을 쓰고 있는 지금도 점점 커지는 중인데 집 크기도 생각하지 않고 눈치 없이 잘 자라니 부담스럽기까지 하다. 생명이 있는 모든 것은 내 생각대로만 키울 수는 없나 보다.

후에 계산기를 두드려 보니 모든 비용의 합이 천만 원에 조금 미치지 못했다. 믿을 수가 없었다. 이게 가능하다니. 물론 여기에 나와 Ⓝ, 중간중간 도움을 준 친구의 인건비는 포함되어 있지 않다. 좋은 경험이었다고 스스로를 위로하지만, 다시 비슷한 시도를 할 만한 의지는 더 이상 존재하지 않는다.

내 집을 스스로 디자인하고 그 계획을 몸을 움직여 가며 직접 실행하는 것의 장점도 있다. 집과 친해질 수 있다는 것이 바로 그것인데 이 과정에서 집의 구조부터 사용된 자재, 지금은 그냥 넘어가지만 못 미더운 부분, 시간이 있다면 무언가 더 하고 싶은 부분 등 공간을 구성하는 모든 것들, 보이는 것들과 가려진 것들의 정체를 속속들이 알게 된다. 사실 이것은 돈과 바꿀 수 없는 경험이다. 집이라는 게 투자의 수단이기도 하지만 때론 지옥 같은 세상에서 잠시라도 몸을 숨기고 상처를 회복하는 안식처이기도

교체한 창호와 빌라들 사이로 모습을 드러내는 창덕궁 후원.
바람에 흔들리는 고목들을 보면 계절의 변화가 느껴진다.

하므로. 식물을 가꾸듯 가끔 살펴보고 가꿀 만한 가치가 있는 공간이다. 그렇다 보니 디자인이라는 것도 한 번에 끝나지 않는다. 살다 보면 생각이 변한다. 이번에 올수리를 했으니 더 이상의 변화는 거부한다고 해 봤자 그렇게 되지도 않는다. 현대의 북촌처럼 새로운 변화를 끌어안을 줄도 알아야 한다. 변화하는 요구에 맞춰 조금씩 더하거나 뺄 줄도 알아야 한다. 중심을 지키며 새로운 것을 추구할 수도 있다. 매번 부수고 새로 시작하고 싶은 게 아니라면 조화롭게 공존하는 방법도 고민할 수 있다. 그렇게 이 잡종 같은 집도 여전히 변화 중이다.

안식처에서의 평화로운 휴식.
작은 집 안에서 내가 가장 좋아하는 시간이다.

◇ 컨버터블 자동차와 포기해야 하는 것들 ◇

해 질 무렵의 골목길.
북촌은 확실히 천천히 걷기에 좋은 동네다.

언젠가 Ⓝ이 이곳에서의 일상을 컨버터블 자동차에 빗대어 설명한 적이 있다. 너무도 적확한 비유라 나로선 공감하지 않을 도리가 없었는데, 요컨대 그녀의 비유는 이런 식이다.

> "오빠, 여기 사는 건 컨버터블 자동차를 타는 것과 비슷한 거야. 컨버터블 자동차는 신나지만, 대부분의 경우에선 불편하잖아? 그래도 컨버터블을 사는 사람들은 있고 어쩌면 우리도 그런 부류의 사람들이라고."

우리 둘은 이 굉장한 비유를 '컨버터블 이론'이라고 명명했는데, 말 그대로 이곳에서의 일상이 맑고 따스한 날의 오픈카처럼 아름다운 그림으로 가득한 것은 아니기 때문이다. 이곳에서의 일상은 포기해야 하는 것도, 불편한 점도 분명하다.

가장 먼저 포기하게 된 것은 바로 '대형 마트'다. 일상에서 대형 마트의 존재가 중요한 사람이라면 북촌은 너무도 불편한 곳이다. 주말마다 차를 몰고 가 교외의 창고형 매장에서 쇼핑을 즐기거나 특별한 이유 없이 복합쇼핑몰을 거닐며 자본주의의 맛을 즐기는 사람이라면 북촌은 적절하지 않은 곳임이 분명하다. 사실 대형 마트는 차치하고 신선한 과일이나 채소를 저렴하게 판매하는 그 흔한 동네 과일가게조차 이 근처에는 없다. 이것은 통인시장이 있는 서촌과 동촌이라 할 만한 혜화동 일대와 비교해도 좋지 않은 조건인데, 그만큼 북촌에 살고 있는 주민 수가 적은 탓일 것이다. 사는 사람이 별로 없으니 사업성도 없지 않을까? 이는 집을 구하는 리서치 과정에서 어느 정도 예상한 부분이긴 하지만 실제로 살아 보니 역시나 불편한 구석이 많다. 우리의 경우 공산품 구매는 대부분 온라인 장보기 서비스를 이용하게 되었다. 퇴근길에, 주말에, 마트에 들러 다양한 물건을 직접 만져 보고 구매하기 힘든 것은 늘 아쉽다. 하지만 동네의 특성을 반영한 나름의 해결책 역시 존재한다. 북촌 빌라마을에는 늘 제철 과일과 야채를 실은 1톤 트럭이 오간다. 오르막길을 올라온 정겨운 메가폰 소리가 골목을 채우면 약속이나 한 듯 주민들이 내려온다. 트럭을 몰고 집 앞까지 찾아와 주시니 괜찮은 조건이다.

퇴근길의 계동.
관광객들이 빠져나가는 시간, 주민들은 집으로 돌아온다.

계동길 북쪽에는 오래도록 그 자리를 지켜온 '수연홈마트'도 있다. 보통 오래된 게 아니란 얘기를 들었는데 작은 동네 슈퍼이긴 해도 나름대로 필요한 건 다 있다. 오래가는 데에는 이유가 있는 법이다. 조금 더 남쪽으로 내려오면 'GS25 계동중앙점'이 있다. 어디에나 있는 편의점이 대형 마트의 대안이라니 조금 이상하긴 하지만 이곳 역시 여느 편의점과는 다르다. 마늘이나 대파, 무, 두부, 계란같이 편의점과 어울리지 않는 식재료를 날것 그대로 판매하기도 하고 일반적인 편의점에는 없을 법한 자질구레한 물건도 모두 구비하고 계신다. 경험해 본 바에 의하면 놀라울 정도로 없는 게 없다. 두 가게 모두 입구에 물나무 사진관에서 촬영한 주인분의 흑백사진이 붙어 있다. 친환경 식재료나 치즈, 파스타 같은 유럽식 식재료가 필요하다면 가회동 주민센터 옆 '꽃밥마켓'이 대안이다. 유기농으로 재배한 야채나 과일, 항생제를 사용하지 않은 육류와 고품질의 수입 식재료까지 두루 갖추고 있다. 다른 동네와 비교하면 보잘것없는 수준이지만 이렇게 이곳에도 주민들을 위한 나름의 대안은 존재한다. 그리고 이 또한 이곳에서 사는 법이라 생각하고 받아들여야 한다. 카트를 끌고 유유자적 떠돌며 이것저것 주워 담을 수 있는 대형 마트가 그리운 건 가끔일 뿐.

불평을 늘어놓다 보니 북촌에서 대형 마트처럼 찾기 힘든 것이 또 한 가지 생각났는데, 바로 약국이다. 그 흔한 동네 약국도 북촌에서는 흔치 않다. 편의점에서 간단한 상비약을 구매할 수 있게 된 것은 그나마 다행이지만 가장 가까운 약국은 소격동이나 낙원동까지 내려가야 있다. 아주 먼 거리는 아니지만 살고 있는 위치에 따라 상당 시간 걸어야 할 수도 있다. 하지만 동네 약국을 대신하는 다소 이상한 대안도 존재한다. 율곡로를 건너 종묘 담장 옆 서순라길을 따라 남쪽으로 내려간다면 전혀 다른 가능성이 펼쳐지기 때문이다. 광장시장 주변, 종로5가에 도착하면 서울의 유명한 대형 약국들을 만나 볼 수 있다. 약국으로는 대형 마트인 셈인데 약과 관련해서는 없는 게 없고 조금씩 저렴하다고도 한다. 동네 약국은 없어도 대형 약국은 있다니 재미있는 지점이다.

주차 역시 만만치 않은 문제다. 아마도 서울에 주차 문제에서 자유로운 동네가 있겠냐마는 북촌도 그렇다. 북촌에는 주민들을 위한 주차 공간이 부족하고 방문객들의 차량 또한 너무나 많다. 일례로 주말이 되면 정독도서관 진입로 일대는 주차를 위한 방문 차량으로 난리통이 벌어진다. 대형 관광버스도 심심치 않게 오간다. 처음에는 무슨 큰일이라도 벌어진 줄 알았지만, 이제는 일상적인 주말 풍경이다. 주차가 어렵긴 이곳 주민도 마찬가지다. 주차 공간이 잘 확보된, 조금 더 좋은 조건의 주택이라면 문제가 되지 않겠지만 북촌 빌라마을의 많은 다세대, 연립주택들은 세대수보다 주차면이 부족하다. 익히 알려진 한옥마을이나 골목골목 위치한 소형 한옥에 사시는 분들도 사정은 다를 바 없다. 자연히 적지 않은 주민들이 거주자 우선 주차구역을 이용하게 되는데 경쟁이 치열할뿐더러 귀찮은 일도 많이 생긴다. 나 역시 거주자 우선 주차구역을 배정받아 사용한 적이 있는데 잠깐이라도 자리를 비우면 이내 방문객들의 차가 자리를 차지하고는 했다. 원칙적으로 불법이긴 해도 막을 방법은 없다. 결국 일을 마치고 돌아오면 매번 자리를 차지하고 있는 누군가에게 차를 빼 달라는 전화를 하게 되었다. 여간 번거로운 일이 아니었지만 전화라도 할 수 있으면 그조차 다행이다. 하루는 밤늦게 귀가했는데 아예 전화번호가 적혀 있지 않은 차가 밤새 자리를 차지하고 있었던 적도 있다. 답답한 마음에 주차장을 관리하는 시설관리 공단에 전화했지만, 범칙금을 부과할 수 있을 뿐 견인할 방법은 없었다. 서울의 어느 곳보다 걷기 좋은 북촌이다. 골목골목에 차로 둘러볼 수 없는 매력이 있다. 북촌에 방문하시는 분들은 하루만이라도 차를 두고 오시기를 읍소한다. 국립현대미술관 서울관이나 현대건설 사옥, 창덕궁 담장 등에 위치한 유료주차장을 이용하시는 것도 방법이다.

관광객이 많은 것도 문제라면 문제다. 원서동의 경우는 와닿지 않는 문제일 수도 있지만 지척인 계동, 재동, 익히 알려진 가회동의 유명한 골목들에서는 이미 오래된 문제다. 우리 동네가 더 이상 우리만의 동네가 아니게 된 것이다. 어떻게 보면 현대의 북촌이 짊어져야 할 숙명인 셈인데 관광객과 주민들의 공존은 지자체가 끊임없이 지향해야 할 방향이자 중요한 의제라고 생각한다. 북촌과 서촌이 사람들을 끌어모으는 근본적인 이유와 그것이 우리에게 이야기하는 바가 무엇인지 역시 충분히 고민하고 연구해 볼 만한 주제다. 자주 있는 일은 아니지만 멀쩡히 사람이 살던 집이 어느 순간 카페나 상업 공간으로 변신하는 것을 보면 이번엔 어떤 공간이 어떤 디자인으로 등장할까 설레기도 하지만, 어쩐지 불안한 마음도 든다. 한두 곳이야 그럴 수 있겠다 쳐도 주민들이 떠난 북촌은 더 이상 북촌이 아니게 될 것이기 때문이다. 매력적인 관광지인 동시에 여전히 동네로 기능하기에 지금의 북촌이 특별한 것이 아닐까?

그런 의미에서 관광객들이 몰리는 낮 시간대의 시끌벅적한 북촌이 아니라 사람이 사는 마을로서의 북촌을 보고 싶다면 늦은 밤 편안한 옷을 챙겨 입고 일대를 걸어 보시길 추천한다. 이미 여러 차례 북촌을 방문해 보았다면 유명한 관광지보다 사람들이 사는 곳이 더 흥미로울 수도 있다. 팔판동이나 소격동을 시작으로 삼청동과 가회동, 창덕궁 옆 원서동까지, 군데군데 작지 않은 규모의 주택가가 있다. 불 켜진 골목길은 어쩐지 정감 있고 따뜻하다. 높은 동네에 올라서면 내려다보이는 야경도 수려하고 무엇보다 낮과는 전혀 다른 운치가 있다. 관광객들의 시끌벅적함도 온데간데없다. 그러다가 문득 컨버터블 자동차를 구매하듯 이곳에서 일상을 누리고 싶어질지도 모른다.

가회동 골목길에서 내려다본 서울의 야경.
조용한 북촌의 밤은 낮과는 전혀 다른 운치가 있다.

◇ 뚜벅이와 공유경제 ◇

차 한 대가 겨우 지날 수 있는 계동의 좁은 골목길.
골목 끝으로 보이는 계동길은 주말이면 항상 방문객들로 붐빈다.

한국이 싫어 캐나다로 도망친 친구 부부가 오랜만에 한국에 들렀다. 마침 하룻밤 묵어 가게 되어 이런저런 이야기를 나누었는데 자리 잡고 잘 살고 있는 줄만 알았더니 고향 땅으로 돌아오고 싶은 마음도 조금씩 생기나 보다. 취향이 비슷한 탓에 혹시라도 한국으로 돌아오게 되면 이쪽에 정착하는 것은 어떠냐고 가볍게 권유해 보았는데 일단 부부의 마음을 흔들어 놓는 데는 성공했다.

지난 1년을 돌아보면 적지 않은 어려움도 있었지만, 이곳에 눌러앉기로 한 선택을 후회한 적은 없다. 오히려 그 반대의 경우에 가까운데 내가 좋아하는 것들과 내 집, 또 그 집이 속한 동네와 지역성에 대한 고민 위에서 투자와 주거 사이의 간극을 메우려고 노력한 결과는 현재의 만족스러운 일상으로 돌아왔다. 이렇게 살 수도 있다는 걸 몰랐다면 모를까 알게 된 이상 포기할 수는 없을 것 같다. 조금은 이른 고민이지만 가끔 늙어 가는 나를 상상할 때가 있는데 역시나 그때가 온다고 해도 이 동네를 떠나고 싶지는 않을 것 같다.

나와 Ⓝ은 일상에서 제법 이 동네의 이점을 잘 활용하고 있다. 우리는 디자인과 미술 가까이에서 살아온 사람들이다 보니 미술관이나 박물관을 좋아한다. 그런 우리에게 국립현대미술관 서울관, 서울공예박물관을 비롯해 높은 수준의 미술관과 박물관에 걸어서 닿을 수 있다는 것은 실로 엄청난 이점이다. 골목골목 아기자기하고 작은 공방들과 소규모 갤러리들은 셀 수 없을 정도다. 고궁의 오래된 숲과 거대한 고목들은 이 도시가 지나온 아득한 시간과 계절의 흐름을 보여준다. 행복한 한때를 보내고 있는 사람들을 보고 싶을 때는 계동길이나 북촌로로 향한다. 북적거리는 밤 문화가 그립다면 익선동이나 힙하디 힙한 을지로가 좋은 선택이다. 술 한잔 걸치고 터벅터벅 걸어서 돌아오는 길은 제법 운치까지 있다. 그다지 좋아하지 않던 등산도 꽤 하게 되었는데 삼청공원이나 와룡공원을 통해 북악산 자락을 시작으로 한양도성 순성길을 수시로 걸을 수 있게 된 까닭이다. 걸어서 닿을 수 있는 거리에 아름다운 자연이 기다리고 있다는 것은 그 자체로 설레는 일이다. 막상 가까이에 있으니 게으름 병이 도져 자주 찾지 않게 된 것 또한 사실이지만.

변화된 일상 탓에 전에는 상상한 적 없는 몇 가지 변화도 맞이하고 있는데 그중 스스로 가장 놀라웠던 부분은 오랜 시간 소유하고 있던 자동차를 처분했다는 것이다. 스트레스가 있을 때면 음악을 들으며 교외로 드라이브를 즐겼던 나로서는 나름대로 큰 변화인데 실제로 결정하고 실행에 옮기기까지 꽤 시간이 걸렸다. 차를 처분하게 된 가장 큰 이유는 역시나 운전의 필요성이 사라진 것이다. 도보로 이동할 수 있는 거리에 사실상 내가 좋아하는 모든 것들이 있는데 굳이 자동차와 함께 움직일 이유가 없었다. 중심가의 특성상 편리한 대중교통 인프라라는 장점과 차를 가지고 나가는 순간 엄청난 교통지옥을 마주하게 된다는 단점도 한몫했다. 이곳에 자리 잡은 후로 자가용 사용 빈도는 급감했고 급기야 차를 방치하는 수준에 이르렀다. 겨울철에는 배터리가 방전되어 보험사를 부르기 일쑤였다. 그러던 어느 겨울밤, 잠옷에 점퍼를 걸치고 덜덜 떨며 배터리 충전을 위해 공회전 중인 차 안에 앉아 있는 나를 발견하는 순간, 결정의 시간이 왔음을 깨달았다. 자가용이 이동수단이 아니라 짐이 되어 버린 것이다.

자동차의 빈자리는 대중교통과 공유모빌리티가 채웠다. 그중에서도 서울의 공유자전거 '따릉이'는 일상에 없어서는 안 될 이동수단으로 자리매김했다. 정말이지 따릉이는 서울 최고의 발명품이다. 걷기에 애매한 거리도 따릉이를 이용하면 쉽게 닿을 수 있는 것은 물론 비용 또한 저렴하다. 단, 조선의 한양이 성곽도시였던 만큼 산 위에 놓인 성곽 쪽으로 접근할수록 급격한 경사를 마주하게 된다는 점은 명심해야 한다. 이는 자전거 이용자들에게 가히 절망적인 수준이다. 대신에 도성 내부는 전형적인 분지의 형태를 띠고 있는데 이 때문에 종로구나 중구의 중심가 대부분은 평지로 이루어져 있다. 중심가 안에서만 이동한다면 자전거에 앉아 편안한 마음으로 페달을 밟으며 일대를 오갈 수 있는 것이다. 청계천 자전거 도로 또한 지난 몇 년간 확장의 확장을 거듭해 이제는 성수나 한강 변까지 이어진다. 중심가의 빌딩 숲 사이로 따릉이를 타고 출퇴근하는 기분도 최고라고 Ⓝ은 종종 얘기한다. 자주 걷고 자전거를 타고 이동하니 건강도 좋아졌다. 물론 여기에 객관적인 근거는 없다. 일단 그렇게 믿고 있다. 건강에는 긍정적인 마음가짐도 중요하지 않은가.

카셰어링 서비스도 차를 처분하고 나서야 처음으로 이용해 보았다. 공유 자동차를 잠깐씩 빌려 쓰는 서비스가 있다는 것은 익히 알고 있었지만 차는 내 물건이라는 인식도 강하고 빌릴 만한 이유 또한 없었기에 이전까지는 큰 관심이 없었는데 막상 경험해 보니 장점도 많았다. 개인적으로 가장 마음에 들었던 부분은 차를 관리하는 데 시간과 비용을 들일 필요가 없다는 것이다. 여기서는 일종의 해방감까지 느꼈다. 경정비는 물론 세차조차 할 필요가 없다니. 필요할 때 타고 반납하면 그만이다. 공유 서비스별 프로모션을 잘 활용하면 다양한 차종을 잠깐이나마 운전해 볼 수 있는 재미도 있다. 나 역시 처음에는 선입견이 없지 않았지만 자가용 사용 빈도가 높지 않은 분들이라면 적극 고려해 볼 만하다. 북촌에 정착한 지 이제 막 1년을 넘긴 지금, 또 어떤 변화가 나를 기다리고 있을지 궁금하다. 물론 그게 무엇이든 웬만하면 받아들일 준비는 되어 있다.

얼마 전 노르웨이에서 한국을 찾은 한 친구와 한밤중에 한강 변을 드라이브 한 적이 있다. 서울의 야경을 보여주기 위해서였는데 역시, 카셰어링 서비스를 이용했다. 멀리서 온 친구와 모처럼 즐거운 한때였다. 당연한 얘기이지만 어디서 자랐고 어디서 교육받았는지에 따라 세상을 바라보는 우리의 시선은 조금씩 달라진다. 때로는 생각보다 많이 달라지는 경우도 있다. 한참 강변북로를 달리던 중 바다 건너온 친구가 집에 대한 전혀 다른 시각을 드러냈다.

"여기 강 옆에 있는 집(아파트)들은 굉장히 저렴하겠네?"

나와 Ⓝ은 잠시 넋을 놓았다가 이내 웃음을 터뜨렸다.

"무슨 뚱딴지같은 소리야? 하하.
아마, 서울에서 가장 비싼 곳들 가운데 하나일걸?
너 도대체 왜 그런 생각을 한 거야?"

친구는 대답했다.

창덕궁과 서울 시내가 내다보이는 원서동 골목길 풍경.
북촌에는 어떤 미래가 기다리고 있을까?

"아니, 여기 이렇게나 차가 많이 다니는데
창문도 열 수 없을 거 아니야?
시끄럽고 공기도 별로 좋지 않을 것 같아서."

서울에 한정하면 정답은 아닐지 모르지만 그렇다고 친구의 접근 방식이 영 틀린 것도 아니다. 사실 집을 구하는 데 정답은 없다. 수학 문제가 아닌 다음에야 세상만사에 정답이 존재하는 일도 그리 많지 않다. 그런 측면에서 북촌 역시 누구에게나 좋은 동네라고 생각하지 않는다. 하지만 시선을 돌려 충분히 고려해 볼 만한 곳인 것만은 확신한다. 혹시 아나? Ⓝ과 나에게 그랬듯, 이곳이 누군가에게 또 다른 고향이 될 수 있을지.

이 글을 쓰며 지난 몇 년을 돌아보다가 몇 가지 바람이 생겼다. 집을 바라보는, 우리가 사는 동네를 바라보는 시각이 지금보다 다양하고 풍성해지면 좋겠다는 것이 그것이다. 우리가 살고 있는 동네가 지나온 길고 긴 역사적 맥락 위에 21세기를 살아가는 우리의 일상을 포개어 올려놓는 일은 그 자체로 의미가 있다. 내가 살고 있는 집과 나를 연결하는 일, 또 그 집이 속한 동네의 과거와 현재를 이어 붙이는 일, 동네의 미래를 함께 고민하는 일이 바로 그것이다. 이런 생각들은 우리 도시의 이야기를 더욱 풍성하게 만든다. 먼 훗날 우리가 죽고 없어져도 우리 도시의 역사는 계속될 테고 그 이야기는 다음 세대들과 함께 이어질 테니 말이다. 10년 뒤, 20년 뒤의 원서동은, 북촌은, 또 서울은 어떤 모습이어야 할까? 이런 상상을 위해 이미 찬란한 역사를 가진 매력적인 도시 서울에 뉴욕이나 런던, 파리의 무엇을 갖다 붙일 필요는 없다. 서울의 맨해튼이니 서울의 브루클린이니 하는 접근은 이제 철 지난 얘기 같다. 서울에는 서울의 역사가 흐르고 이미 자신만의 이야기를 써 내려갈 충분한 자격이 있다.

말이 나온 김에 한 가지만 더 바란다면 서울이 다양한 사람들과 함께 다양한 주거 형태가 공존하는 도시가 되었으면 좋겠다. 다양성은 우리의 삶을 풍부하게 만든다. 이것은 도시에도, 주거에도 마찬가지다. 그런 의미에서 종로구나 중구에 정착하는 청년들도 많아지면 좋겠다. 북촌이나 서촌뿐만 아니라 사대문 안팎에는 유서 깊고 매력적인 동네들이 너무나 많다. 시간을 내어 천천히 둘러보다 보면 분명 나의 일상의 무대가 될 만한, 숨겨진 보석 같은 집과 개성 넘치는 특별한 동네를 발견하게 될 것이다. 더불어 전통과 현대를 연결하는 막중한 사명을 띠고 있는 북촌도 오래도록 이곳을 지켜오신 어르신들과 어울려 더 젊어지고 더 다양해지면 좋겠다. 물론 북촌을 북촌답게 만들어 주는 것이 무엇인지 잊지 않으면서 말이다.

두서없이 펼쳐 놓은 이야기는 여기까지다.
혹시라도 마음이 흔들렸을 분들께 살며시 환영 인사를 건넨다.
오시라, 아름다운 동네로.

어린 시절 친구들과 뛰놀던 추억이 떠오르는 좁지만 정겨운 계동의 골목길.
내가 유년 시절을 보냈던 동네는 이제 거대한 아파트 단지가 되었다.

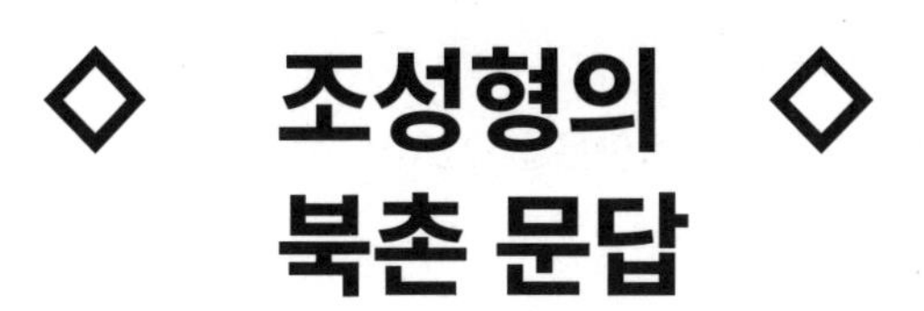

조성형의 북촌 문답

Q.
북촌살이 1년간 가지게 된 불만은 없으셨나요?

A.
아직은 특별히 불평할 만한 게 없네요. 이사 오기 전에 열심히 사전 조사를 해서일 수도 있고 제가 전보다 조금은 너그러워진 것일 수도 있습니다. 물론 살다 보면 분명 불만족스러운 부분이 생기겠지만 현재로서는 좋은 점들에 가려져 도통 나쁜 점이 보이질 않네요. 오히려 제 인생에서 손에 꼽을 만큼 잘한 결정이었다고 생각하고 있습니다.

Q.
천만 원으로 집을 수리하셨다니, 흔하지 않은 경험인데 그 경험을 한 권의 책으로 쓰신다면 어떤 내용이 될까요?

A.
천만 원이라는 숫자는 사실 많은 진실을 감추고 있습니다. 그 숫자 안에는 공사비에서 가장 큰 비중을 차지하는 전문적인 시공 기술자들의 인건비와 디자인 비용은 포함되어 있지 않기 때문이죠. 사실 작은 규모의 공사에서도 인건비는 자재비보다 훨씬 많은 부분을 차지합니다. 그만큼이나 사람의 손을 거쳐야 하는, 힘든 일이기 때문이죠. 저희는 다행히 스스로 해결할 수 있는 부분이 많았고 털털한 성격 탓에 적당히 타협하고 인건비를 절약한 부분도 많이 있었습니다. 고생할 준비가 되어 있지 않으시다면 나도 천만 원으로 무언가 해 볼 수 있겠다는 발상은 비극적인 결말을 가져올 수도 있습니다. 그런 정도의 금액으로 완벽한 결과물을 만들어 낼 수도 없고요. 저 역시 당시에는 예산 부족으로 넘어갔지만, 내년쯤 몇 군데 손을 보고 싶은 부분도 있습니다. 그렇게 조금씩 가꾸며 살아가는 거죠. 당시에는 일과 집수리를 병행하며 정말 힘든 시간을 보냈습니다. 돌이켜보면 즐거운 기억도 있지만 번아웃에 가까운 힘든 순간도 많았습니다. 책의 내용은 '셀프 집수리', '희망편'과 '절망편' 정도로 구성할 수 있겠네요.

Q.

정착하신 빌라의 역사를 간략하게 들려주신다면?

A.

음, 확실한 부분과 사실 여부를 확인하기 어려운 부분도 있는데요. 전설처럼 떠도는 이야기라고 생각하시고 들어 주세요. 우선 빌라는 1998년에 준공되었는데요. 4층에 있는 저희 집은 그사이 두 번 주인이 바뀌었고 저희가 세 번째 주인입니다. 비슷한 시기에 '북촌 빌라마을'의 많은 빌라가 지어졌는데 아마도 그전까지는 소형 주택들과 도시형 한옥들로 이루어진 동네였겠죠. 당시에도 이런 주택들이 무차별적으로 사라지는 소위 '난개발'에 대한 지적이 있었던 것으로 알고 있습니다. 이제는 그 흔적 위에 저희가 살고 있는 거죠. 저희 빌라만 해도 네 개의 작은 필지가 모여 하나의 다세대주택이 되었습니다. 도로명으로 표기하자면 하나의 주소지이지만 오래전 방식인 번지수로 표기하자면 여러 개의 번지가 하나의 빌라 안에 모여 있는 셈이죠. 필시 여러 집들이 모여 하나의 빌라를 짓기로 합의한 것일 텐데, 듣기로는 저희 집의 첫 주인이셨던 한 어르신이 그 일을 추진하셨다고 하더군요. 그러고는 본인은 맨 위층에 해당하는, 현재 저희 집에 살기로 하셨는데, 그래서인지 저희 집은 다른 집들과는 조금 다른 자재가 쓰였다고 합니다. 물론, 이 얘기는 모두 두 번째 주인이셨던 한 할머님께 들었습니다. 어디까지가 사실인지는 저도 모르겠네요. 그 할머님은 북촌에서 오래 장사하시며 자녀들을 키우셨고 이후에 다른 지역으로 이사하신 것으로 알고 있습니다. 그리고 몇 년 후 저희가 집을 사게 된 거죠. 제가 아는 것은 이 정도입니다. 흥미로운 점은 현재 저희 빌라에는 임차인이 살고 있는 세대가 없다는 겁니다. 모두 주인이 직접 거주 중이죠. 서울의 다른 빌라들과 비교하면 특이한 경우입니다. 이웃분들은 모두 이 동네에서 상당히 오래 사신 분들인데 쉽사리 집을 임대하시거나 다른 지역으로 떠나고 싶어 하시지 않는 것 같네요.

Q.
관광객이 많은 북촌에서 동네 주민답게 이 동네를 즐기는 남다른 방법이 있으시다면?

A.
저는 주말 아침의 북촌도 좋습니다. 주말에는 인근 일터로 출근하시는 분들이 없어 조금 더 느리고 여유 있는 분위기를 즐길 수 있고 특히 이른 아침에는 방문객들조차 별로 없습니다. 잠을 설친 어느 토요일 아침, 우연히 산책 삼아 동네를 거닐어 본 적이 있는데 동틀 녘에도 이미 운동 삼아 근처를 걷는 분들이 꽤 계시더군요. 반려견과 함께 나온 분들도 계셨고요. 하지만 아침마다 이불에서 탈출하는 데 애를 먹는 제게는 계속하기 어려운 취미였습니다. 역시 제게는 밤이 최고인 것 같네요. 공동화 현상이 일어나는 도심지의 특성상 북촌은 밤이 깊어질수록 한적해지는데 제게는 그 고요함이 어쩐지 더 매력적으로 느껴지더군요. 붐비는 사람들로 인한 아쉬움이 느껴질 때는 주로 배가 고플 때입니다. 식사 시간이 되어 배는 고프고 당장 냉장고에는 먹을 게 없어 밖으로 나가 보면, 주변의 맛집들에는 이미 사람들이 가득 차 있기 때문이죠. 맛집으로 소문난 곳이지만 이런 이유로 아직 한번도 못 가 본 가게들도 많습니다. 덕분에 상대적으로 사정이 나은 편인 익선동이나 원남동 쪽까지 내려가는 경우도 많은데, 오히려 북촌보다 그 근처의 맛집들을 더 잘 알게 되더군요.

Q.
광화문 일대의 잦은 집회가 불편하시진 않나요?

A.
주말 오후 버스나 자가용으로 광화문 앞을 지나려다가 낭패를 본 경험은 북촌, 서촌 주민이라면 누구나 있을 것 같습니다. 거주지로서 장단점이 분명하게 엇갈리는 동네라는 생각도 듭니다. 서울에서 북촌과 서촌 같은 동네는 흔치 않습니다. 아니, 사실은 비슷한 곳도 없죠. 저는 말씀하신 불편함에도 불구하고 상당히 만족하는 편입니다. 북촌이나 서촌 둘 다 누구에게나 완벽한 동네는 아니지만 취향이 확실한 누군가에게는 분명 좋은 동네가 될 겁니다.

Q.
남다른 관점을 가진 디자이너로서 북촌에 정착하게 된 이후로 생긴 새로운 취향이나 취미가 있으신가요?

A.
북촌에 온 뒤로 많이 걷게 되었습니다. 전과 비교하면 확실히 걸어서 이동하는 게 즐거워졌습니다. 걸으면서 맞이할 수 있는 풍경들이 좋아 걷는 게 더 재미있어지더군요. 때때로 서촌이나 대학로, 종로나 을지로, 명동 일대까지 걸으며 이곳저곳을 탐방하기도 합니다. 연휴에 여유가 있다면 한양도성을 따라 자연을 즐기기도 하고요. 아무래도 새로운 취미는 '걷기'인 것 같습니다. 취향에 대해서는 생각해 본 적이 없는데 아무래도 제가 전에 좋아하던 것들이 더 강화되고 있는 느낌입니다. 저는 전부터 판소리나 국악 기반의 크로스오버 장르도 좋아하는 편이었고 대학 시절, 늘 변하는 유행을 좇으며 매번 새로운 옷을 사야 하는 게 싫어서 한동안 계량 한복을 입고 다닌 적도 있거든요. 물론, (지금은 함께 살고 있는) 당시의 여자친구가 말려서 그만뒀지만, 시간이 지나 북촌까지 흘러온 걸 보면, '아, 내가 전부터 이런 걸 좋아하는 사람이었구나.' 하는 생각이 드네요.

인왕산 자락길, 무무대에서 바라본 서촌과 서울.
미래는 알 수 없지만 아무래도 이 동네들을 떠날 수는 없을 것 같다.

Q.

북촌, 서촌처럼 서울에서 살아 보고 싶으신 다른 동네가 있다면?

A.

최근에는 서촌, 북촌이 아닌 동대문 인근의 충신동과 이화동에 관심이 있습니다. 충신동과 이화동도 종로의 다른 동들처럼 상당히 작은 규모의 법정동입니다. 경복궁 서쪽 동네가 서촌이라는 이름으로 불리게 된 것처럼 언젠가 이 일대를 동촌이라고 부를 수도 있겠네요. 작년부터 일주일에 한 번씩 근처의 대학교에서 강의하게 되면서 그전엔 이름만 알고 있던 '이화동 벽화마을'을 실제로 걷게 되었는데 건강을 위해 걸어서 출퇴근하기로 한 것이 이제는 한 주에서 가장 기다려지는 시간이 되었습니다. 낙산 인근의 언덕길 사이사이로 주택가를 연결하는 골목들과 가파른 계단은 어릴 적 제가 자란 서울의 산동네 모습 그대로입니다. 물론 그때와 비교할 수 없을 정도로 잘 정비된 모습이지만요. 빼어난 전망 탓에 이제는 방문객들이 즐겨 찾는 명소이기도 합니다. 차도 닿지 않는 좁은 골목들과 가파른 언덕이 이곳에서 일상을 보내고 계신 주민들께는 힘든 환경이겠다는 생각도 듭니다. 북촌만큼이나 장단점이 엇갈리는 곳이지요. 살아 있는 박물관 같은 동네지만 언젠가는 재개발이나 재건축을 통해 역사의 뒤편으로 사라질 날이 올 수도 있겠죠. 그래서인지 한번쯤 살아 보고 싶다는 생각이 듭니다.

미용
BEAUTY HAIR
桂洞
30

◇

2장
북촌 13년

☆ 여러 플랫폼 기업을 다닌
직장인 윤화진은
변화가 매우 빠른
IT 업계로 출근하지만,
퇴근 후엔 서울에서
가장 변하지 않는 풍경인
창덕궁이 내려다보이는
원서동의 집으로 돌아간다.

☆ 북촌에서 13년째 살며
두 아이가 자라는 동안 128년 역사의
재동초등학교가 통합 논의로 사라질
뻔하기도 했고, 시위가 심한 날이면
집에 가는 길이 통제되고 버스가
우회하는 불편을 겪기도 했다.

고향으로 남을 동네

☆ 이 4인 가족이 사는 북촌 일대는
청와대나 헌법재판소처럼
뉴스에 나오는 곳들이나 창덕궁과 각종
문화유산이 많이 있는 관광지로 생각되는,
흔히 말하는 '아이 키우기 좋은 동네'는
아닐 것이다.

☆ 요즘은 어쩐지 핫플들도 늘어나며
이 동네에 대한 세간의 관심이 커진 것 같은데,
윤화진은 어쩌다 이 곳에 살게 되었고
왜 북촌 안에서 세 번이나 이사를 하면서까지
오래 살고 있을까?

☆ 삼청공원 ☆ 말바위 루틴

아이들이 어릴 때는 숲속 도서관 겸 놀이터에 가려고 들르던 삼청공원에, 이제는 가끔 혼자 운동 삼아 말바위까지 올랐다가 온다. 집에서 계동길을 지나 옛 돈미약국이 있던 북촌로 11길로 들어서 오르막을 통해 빠르게 걸으면 15분 정도에 삼청공원 입구에 다다른다.

코로나19 팬데믹이 잦아들고 단풍이 번지기 시작한 화창한 일요일 오후, 온 동네가 가을 정취를 즐기러 온 사람들로 북적인다. 큰길가를 지날 때는 그룹으로 이동하는 유럽 할아버지들 뒤를 따라가다가 지방에서 대절해 올라온 관광버스 석 대를 스쳐 가회동 31번지 쪽으로 향한다. 때마침 한 라이프스타일 매거진이 매년 가을 북촌 일대 한옥에 작가, 브랜드 등과 협업해 진행하는 오픈 하우스 전시 기간이다. 한옥 대문들을 지날 때마다 잘 차려입은 관람객들의 감탄이 연이어 들린다.

어느 집 마당에서 감미로운 음악 소리가 새어 나오는 고풍스런 한옥 골목에 캡모자를 눌러 쓴 나의 추리닝 차림이 오히려 이질적인가. 관광지인 북촌에 산다는 건 주말에 집에서 입던 목 늘어난 티셔츠 바람으로 고무장갑을 사러 나섰다가 인파 속에서 데이트 나온 회사 신입사원 커플을 만나게 되는 뭐 그런 것.

숨차게 말바위에 올라서 잠시 앉아 바람에 흔들리는 나뭇잎과 새소리를 들으며 서울의 중심 풍경을 바라본다. 멀리는 남산서울타워, 왼편 더 멀리는 롯데월드타워. 시선을 가까이 옮기면 오른편 산 바로 밑에 삼청동 청사, 감사원, 국립민속박물관과 경복궁, 광화문, 세종문화회관과 빼곡한 빌딩숲이 보인다. 내가 앉아 있는 이곳에서 멀어질수록 높아지는 건물들, 겹겹의 아파트…. 도시의 소음들이 멀리 들려오고 분주히 차가 오가는 모습이 선명하다.

도시의 모습이 잘 보이는 소나무 아래에 앉아서 땀을 식히고 있으면 바쁘고 치열한 삶의 전쟁이 일어나고 있는 저곳이 다른 세계의 미니어처같이 느껴진다. 변화무쌍하고 숨가쁜 IT 노동자이자 워킹맘으로 살아온 나의 생활도 저 도시 풍경에 녹여 잠시 한 뼘 정도의 거리를 두고 바라본다. 매일 저녁 탈진해 회사에서 퇴근하면 다섯 살 터울 두 아이를 챙겨야 하는 엄마로 '집으로 또 출근'하는 고단한 생활 속에서도 정겨운 동네 풍경, 창밖 후원의 자연을 보면서 그래도 아침마다 기운을 얻을 수 있었다.

서울의 가장 중심, 조선의 왕들이 살던 경복궁과 창덕궁 사이에 있는 너무나 시골스러우면서도 곳곳에 힙한 가게들이 있는 동네. 주위를 둘러봐도 한옥을 비롯해 모두 5층 이하 건물들이고, 율곡로 북쪽으론 유일하게 14층짜리 현대그룹 계동 사옥이 우뚝 솟아 있다. 북촌은 아마 서울에서 하늘이 가장 잘 보이는 곳일 듯싶다.

지금 살고 있는 원서동 집의 거실 창은 동향, 부엌의 창은 서향으로 마주보고 있다. 아침에 일출이 멋질 때마다, 석양이 특별하게 느껴질 때마다 하늘을 사진으로 찍어 둔다.

2010년 처음 북촌으로 이사를 와서 계동, 소격동, 원서동으로 집을 옮기며 살았고 태어난 지 한 달 된 아기였던 둘째는 이제 중학생이 되었다. 그 시간 동안 우리 가족은 '동네' 라는 정서를 여전히 진하게 느낄 수 있는 곳에 우리집이 있어 좋았고, 또 걸어다닐 수 있는 가까운 거리에서 문화 예술을 즐기며 여행지에서 감탄할 때와 같은 마음으로 일상의 순간들을 누릴 수 있어 자주 기뻤다.

나는 다만 내가 보고 겪은 만큼의 북촌에 대해서만 알 수 있을 뿐이지만, 13년간 대도시 특유의 편리함을 만끽하지는 못했어도 매일의 날씨에 따라 그날의 작은 이벤트들이 주는 소소한 감흥들을 따라 별일 없이 살았고, 그 하루하루가 모두 특별했다.

북촌 8경 중 가장 인기 있는 북촌 6경 한옥 골목.
보통은 사진 찍는 사람들로 북적이지만 관광객이 없을 때는 이런 풍경이다.

☆ 마당 있는 집을 찾아 ☆

첫째가 다섯 살, 둘째가 아직 배 속에 있을 때 이사를 고민해야 할 상황이 되었다. 어디로 가면 좋을까 얘기하던 남편이 아파트에는 오래 살았지만 정이 가지 않는다며, 주택으로 가면 어떨까 하며 운을 뗐다.

"이왕이면 마당이 있는?
아이들이 어릴 때니 마당 있는 집에서 살면 참 좋겠지.
아랫집 신경쓰며 뛰지 마라 쿵쿵대지 마라 잔소리 안 해도 되고."

과연 출퇴근 가능한 곳 중에 그런 집을 구할 수 있을까? 언젠가는 마당 있는 집에 살면 좋겠다 막연히 생각은 해 봤지만 꽤나 먼 훗날일 줄 알았다. 집에 대한 생각을 깊이 할수록 원하는 생활방식과 주거 형태가 있다면 굳이 미룰 필요가 있을까 싶었다. 될지 안 될지, 좋을지 나쁠지 지금 할 수 있는 선에서 시도하고 경험하는 것이 맞다고 여겨졌다. 그때부터 서울에서 마당 있는 (싼) 집 찾기가 시작되었다.

인터넷 정보들을 모조리 훑고 부동산에도 연락해 두고, 주말에 후보지들을 찾아보았다. 인구밀도 높고 땅값 비싼 서울에서 높이 올린 아파트가 아니라 대지를 그대로 깔고 주택이면서도, 쾌적하고 편리하며 환경도 좋고 우리 예산에도 맞는 그런 곳을 찾기란 참 어려웠다. 그런 주택들이 많을 듯한 마포구 성산동의 성미산 쪽도 둘러보았지만 이사하지 않고 오래 살고 있는 주민들이 많아 전세는 거의 없었다. 몇 개월의 여정 끝에 후보지는 직장이 위치한 을지로 북쪽 몇 군데 동네로 좁혀졌다. 한 군데는 서촌의 통인시장 근처로 위치나 면적도 괜찮지만 많이 낡아서 우리가 매입을 해서 수리를 한다면 모를까 전세는 고민이 되었다.

온라인 커뮤니티에서 우연히 발견한 전세 매물은 집주인의 자세한 사진과 소개가 단번에 마음을 사로잡았는데, 자연으로 둘러싸인 부암동에 양쪽으로 주거동과 작업동이 나뉜 집으로, 가운데 넓은 데크가 깔려 있고 주거동은 멋진 이층집이었다. 게다가 전세 가격이 매우 저렴해서 눈을 의심할 정도였고 게시글에 적힌 유일한 단점이라곤 아이들을 차로 통학시켜야 하는 불편함뿐이었다. 누군가 이 매력적인 매물을 먼저 채가면 어쩌나 불안해져서 남편이 최대한 빨리 집을 보러 가기로 약속을 잡았다. 상상하는 그대로이길 기대하며 어서 남편이 확인해 보고 여기로 하면 되겠다 기쁘게 연락해 주길 기다렸다. 드디어 울린 전화벨, 받자마자 "집 봤어?"라고 물었는데 "어, 집은 되게 좋은데, 올라가는 경사가 어마어마해."란 답이 돌아왔다. 이 가격에 이런 집을 구할 수 있다니 했던 의아함이 풀렸다. 물론 장점이 많은 집이었지만 곧 갓난아이가 하나 더 생길 워킹맘에게는 현실적인 고민거리가 아닐 수 없었다. 그렇게 산꼭대기까지 올라갔던 집 찾기 여정은 다시 원점으로.

어느 날 남편이 안국동의 부동산을 다녀왔다기에, 안국동이 어딘지 잠깐 생각해야 했다. 안국역이 있는 그 안국동? 나에게 안국은 3호선을 타고 다닐 때 지나가 본 전철역일 뿐이었다. 인사동 갈 때 안국역에서 내려 본 적은 있지만 역을 나와 북쪽 방향으로는 가 본 기억이 별로 없던 때였다.

고등학생 때 정독도서관을 다닌 추억이 있는 남편이 그즈음 철학 스터디 모임을 하는 곳이 안국동이라 모임 끝나고 혹시 하는 마음으로 근처 부동산을 찾아봤단다. 한옥 전문으로 동네에서 부동산을 오래 한 사장님은 마침 짓고 있는 집이 하나 있는데 이사가 급하지 않다면 한번 보라고 남편에게 권했다. 세무사인 부부가 직접 주거하려고 집을 짓던 중에 말레이시아 발령을 받는 바람에 전세로 내놓게 된 집은 ㄱ자 한옥에 일자로 2층 양옥을 이은 ㄷ자 구조였다.

그때 새삼 '한옥'이라는 것이 단독주택의 주거 형태에 들어가고 마당도 있는 구조였지, 하는 생각이 들었다. 한번도 내가 한옥에 살 일이 있을 거란 생각을 한 적 없기에 처음엔 한옥이 웬말이냐 싶었던 게 사실이다. 그리고 워낙 지리에 둔하고 방향감각이 없어서 수제비를 먹으러 가 봤던 삼청동 옆으로 화동, 가회동, 재동, 계동 등을 모두 북촌이라 부르고, 거기에 안국동도 포함된다는 것을 확인한 것도 한참 후였다.

일단 생각보다 회사와 가까운 곳인 데다 예산과도 맞는 매물이라 나도 함께 가 보기로 했다. 위치가 워낙 가까워서 평일 점심시간을 이용해 부동산 사장님과 약속을 잡았다.

현대 사옥 옆의 길을 걸어 올라가며 안국역 사거리 위쪽으로 이런 풍경들의 동네가 있었구나, 막힌 데 없이 시원한 하늘의 동네를 낯설어하며 구경했다.

부동산 사장님을 따라 아담한 가게와 한옥 들이 옛 정취를 물씬 풍기는 계동길을 중앙고 방향으로 걷다가, 골목으로 들어가니 나타난 어느 막다른 집. 커다란 나무 대문 앞에 다다라서야 한옥을 보러 왔다는 실감이 났다. 문을 열고 들어가니 현관 앞으로 실내 한옥 복도가 바로 이어져 있었다. 새로 지은 ㄷ자형 집에 정말 정말 작은 마당이 아직 공사 자재로 어수선한 채였다. 그야말로 소규모 도시형 한옥 구조였다. 2층 양옥을 붙여 증축했지만 공간은 매우 오밀조밀하고 방들도 아파트에 비하면 참 작았다. 부엌은 벽만 있고 아직 싱크대며 부엌 가구도 설치되지 않은 상태였는데, 심지어 관련 법규상 벽을 안으로 더 들여 다시 세운다는 (결국 더 좁아진다는) 나쁜 소식도 들어야 했다.

마당과 한옥의 툇마루를 모두 두른 유리 미닫이문이 새시의 역할을 했다. 한옥 가장 끝의 작은 방만 바깥으로 쪽마루가 내어 있고 부엌 칸부터 반대편까지는 모두 툇마루로 이어져 실내로 이동하기 좋은 구조였다. 해외에 나가 있는 주인 부부를 대신해 공사와 계약을 맡은 사장님은 본인이 북촌에 여러 채의 한옥을 지어 봤다며 이 정도면 겨울에도 하나도 안 추울 거라고 강조하셨다.

사장님은 주인 부부가 어차피 자기들은 거주할 수 없으니, 만약 전세 들어오는 사람이 원한다면 벽지나 바닥재, 전등 같은 것의 선택을 세입자가 결정해도 좋다고 했단다. 마당을 시멘트로 발라 버릴 예정이라기에, 나는 이미 선택권이 있는 세입자가 된 양 흙바닥을 살려 마당은 그대로 두는 편이 낫지 않겠냐고 얘기했다.

계단을 올라 2층을 보러 갔다. 계단실이 천장까지 확 트여 있었다. 2층엔 양쪽으로 방이 한 개씩 있었는데, 모서리가 직각을 이룬 곳을 찾기 힘들 정도로 제각각인 다각형의 방들이었다. 하지만 2층 창밖으로 이 집의 지붕과 탁 트인 하늘 아래 북촌의 풍경이 보였다. 저 멀리 북촌을 둘러싼 부드러운 산등성이까지 막힘없이 한눈에 들어오는 모습을 보고 나니 방 모서리가 좁은 예각인 것쯤은 별게 아니었다.

계단실의 창밖을 보며 물었다.

"사장님 저기 보이는 게 무슨 산인가요?"
"정면에 보이는 건 인왕산, 오른쪽 건 북악산이죠."

2층의 창들은 모두 서향으로 나 있었다. 해질녘 저 풍경에 노을이 지는 모습을 볼 수 있다는 거다. 당시 우리집엔 내 키만 한 사이즈의 곰 인형이 있었다. 여자 후배가 딸아이를 위해 선물하겠다고 약속 장소인 강남 교보문고까지 40분 거리를 낑낑대며 업어 데려온 갈색 대형 곰인형이었다. 2층에서 내려오며 계단 중간 꺾이는 공간에 그 곰인형을 두면 딸아이가 다리 위에 앉아 책을 읽거나 놀때 딱 안성맞춤이겠다 상상했다.

어쨌거나 지금 집보다 훨씬 좁고 아직 완성도 되지 않은 이 집 주변에 첫째가 다닐 유치원이 있는지도 알아봐야 했다. 그다음 주에 두 번째 동네 방문을 했다. 유치원은 생각보다 여러 곳이 있어서 위치와 분위기 등을 알아보느라 발품을 꽤 팔아야 했다. 돌아가는 길에 계동길에 있는 이모네 분식에서 밥을 먹는데 한 초등학생이 들어와 분식집 여사장님과 나누는 얘기가 들렸다. 창밖을 보며 무심히 들릴 땐 이모와 조카 사이인가 보다 싶었는데, 듣다 보니 정말 분식집 사장님과 동네 아이였다. 둘의 얘기 속엔 생일에 초대받은 아이의 친구 관계, 아이의 고민과 행동에 그 엄마가 걱정할 것을 염려하는 사장님의 마음, 사장님의 우려와 조언에 고마워하면서도 염려하지 말라는 아이의 다정한 마음이 오갔다. 순간 머리가 울리는 느낌에 사로잡혀 젓가락질을 멈췄다. 이게 요즘 세상에 동네 어른과 아이 간에 가능한 대화인가? 이 동네는 정말 여전히 '동네'구나. 그들의 대화는 아파트에 살며 4년간 앞집 사람 얼굴을 두 번밖에 못 본 내가 잊고 있던 어떤 정서를 건드렸다.

나는 어릴 적 같은 직장 소속 사람들이 모여 사는 '사택'에서 자랐다. 가장들이 회사에 있는 동안 배우자와 아이들은 서로 어울려 놀고, 김장이며 힘든 일을 함께하고, 이웃이자 공동체로 많은 시간을 보냈다.

계동 한옥 2층에서 바라본 인왕산과 뒤로 저무는 해.
매일 다른 서쪽 하늘의 풍경은 가족들에게 "이리 와서 하늘 좀 봐."를 연발하게 만들었다.

어떤 날은 누구 집에서 함께 잔치국수로 점심을 먹었고, 방문판매 화장품 언니가 온 날 거실에 엄마들이 하얀 팩을 붙이고 나란히 누워 있는 모습에 엄마 죽었냐고 우는 옆집 꼬마애를 대신 달래 주었다. 현관 앞에 엄마들이 앉아 수다를 떨다가 우리 딸이 커피를 그렇게 잘 탄다고 자랑하면 칭찬에 부응하고자 커피, 프리마, 설탕 비율을 맞춰 가며 연신 커피를 타다 드렸다. 집집마다 돌아가며 피아노 레슨을 받았고, 그 아이들이 연습한 노래를 연말에 가족과 다 같이 모여 들었다.

며칠 병원에 입원한 오빠 간호로 엄마가 집에 없는 동안 옆집 아줌마가 끼니를 챙겨 주고, 여름이면 어른들이 돌아가며 아이들을 맡아 수영장에 데려가고, 도움을 청할 일이 있을 땐 동네 누구에게든 부탁하는 게 이상하지 않았다. 유연한 공동육아 속에서 사택의 모두가 우리를 함께 보살피고 돌봐 주고 있다는 느낌을 받으며 컸다.

이모네 분식에서 '사라져 버렸다고 여긴 그 다정한 정서가 아직 이 동네에서는 살아 있는 건가?' 하는 생각이 들었다. 이런 동네라면 내 아이도, 사장님과 얘기 나누는 저 아이처럼 인정과 안도감을 느끼며 클 수 있겠다 싶어 젓가락을 내려놓으며 결심했다. 북촌으로 이사 오기로 마음을 먹게 된 결정적인 계기는 바로 '동네'였다.

계약을 하고 이삿날을 정하고, 집주인의 배려대로 부엌 가구와 거실 전등, 계단의 데코타일 등을 내가 선택한 것들로 시공했다. 이사 전에 미리 집 구조와 치수에 맞춰 가구 배치와 짐 들어갈 곳을 수없이 시뮬레이션하고 재고 그리고, 자려고 누우면 침실 천장에 네모만 백만 개 떠오르던 날들이 계속된 끝에 거의 완벽한 배치도를 완성했다고 자부했다. 당시 나는 둘째를 낳고 조리원에서 나온 지 며칠밖에 안 된 터라 아이들과 친정에 있고, 배치도를 넘겨받은 남편이 이사를 전담하기로 했다.

계동 한옥으로 이사하는 날, 남편에게 수시로 전화가 왔다.

"대문으로 김치냉장고가 못 지나가."
"피아노가 못 들어가고 골목에 있어."
"2층 계단으로는 우리 침대 프레임이 못 올라간대."

이런 소식이 전해질 때마다 대체 상황이 어떻게 되어 가는 건지 답답하기만 했다. 차로 집 앞까지 진입하기 힘들어서, 골목 초입에 이삿짐 차를 대고 끌차와 등짐으로 옮겨야 하는 힘든 이사인 건 알고 있었다. 하지만 복도와 방의 사이즈를 모두 정확히 측정했는데 왜 골목에 짐이 방치되어 있어야 하나 의아했다.

우선 활짝 연 대문의 실제 입구가 계산보다 작았고, 쪽마루와 마당 사이 기둥이 있어서 코너를 돌 때 짐 사이즈만큼 각이 나오지 않는 게 문제였다. 늦은 저녁, 이삿짐센터 직원들은 일일이 들어 옮길 책도 많고 짐도 많은 고난의 이사 행군에 항복을 선언하고 돌아갔다. 집 안에 못 들어간 짐들을 어쩌지 못해 골목에 둔 채였다.

이튿날이 되어서야 지푸라기라도 잡는 심정으로 부동산 사장님에게 SOS를 쳤다. 한옥 이사 전문 스페셜리스트라는 세 분이 집 앞에 나타났을 때만 해도 남편은 거의 포기 상태였다. 골목에 쌓여 있는 큰 짐을 대충 확인하시는 마른 중년의 남성들을 보면서 그 많은 이삿짐센터 직원들도 하다 하다 포기한 일을 달랑 세 분이 어떻게 하겠어… 하던 그의 눈앞에서 기적이 일어났다. 양쪽에서 짐을 들어서 꺾고 틀고 돌리기 몇 번 만에 골목에 있던 애물단지들이 속속 대문을 지나 복도를 꺾어 집 안의 제 위치로 들어왔다. 그분들은 "아파트 이사만 해 봤던 사람들은 한옥 이사 잘 못해요." 하고 쿨하게 퇴장하셨다고 한다. 유일하게 남은 건 침대 프레임. 퀸 사이즈 침대가 들어갈 수 있는 곳은 2층 방뿐이었으나 계단으로 철제 프레임이 올라갈 수 있는 크기와 각이 안 나왔다. 결국 친정 오빠가 현장에 출동해 남편과 함께 쇠톱으로 몇 시간을 들여 프레임을 자르고 2층으로 올린 후 다시 구멍을 내서 볼트를 끼워 조립했다.

남편은 정리가 좀 된 후 아이들과 오라고 했지만, 나는 더 기다릴 수 없어 이사 3일 후 계동집을 혼자 찾았는데, 방마다 가득찬 짐들에 마당까지 발 디딜 틈 없이 짐들이 꽉꽉 차 있었다. 제대로 쉬지도 못하고 배달 음식을 대충 먹으며 정리에 지친 남편 몰골도 말이 아니었다.

이사하기 전에도 많이 버렸지만 수납공간이 없는 한옥에 오니 또 한 차례 맹렬히 버리고 처분해야 했다. 그렇게 거실과 부엌과 잘 방들의 공간이 좀 확보된 후에 애들을 데리고 들어왔다. 다섯 살 첫째는 오자마자 2층과 1층을 오르락내리락, 좁은 방들 사이를 왔다갔다, 마당에도 들락날락하며 공간이 주는 새로운 경험에 푹 빠졌다. 네모난 아파트 단층에서 살다가 마당으로 안팎이 연결되고, 방 너머 또 방이 나오고, 계단으로 위층 아래층을 다닐 수 있는 경험을 하게 되니 집이 더 좁아졌다는 생각은 이내 사라졌다.

딸아이는 10년 넘게 지난 지금도 계동집 2층 자기 방에서 나던 냄새가 기억난다고 한다. 새로 지은 한옥의 보와 기둥, 마루, 창호 거의 모든 것이 나무로 만들어진 건축물이라 확실히 처음 집에 들어왔을 때 나무 향이 많이 났다. 양옥 쪽에도 내부에 나무 마감을 많이 한 덕분에 공간에 특유의 향이 스며 있었는데, 생전 처음 맡아 보는 향이 아이의 머릿속에 각인되었나 보다.

천장고가 높아 여름에도 시원했던 계동 한옥의 거실.
누워서 서까래를 올려다보면 마치 고래 배 속에 들어와 있는 듯한 느낌이 들었다.

☆ 북촌의 첫 집, 계동 한옥 ☆

새집에서의 첫날 밤, 자려고 누웠는데 아무 소리도 들리지 않는 고요함이 너무나 낯설었다. 어떻게 이리 조용할 수가 있지? 잘 지은 신축이 아니어서 그랬는지 이제껏 아파트 생활에서는 밤에도 새벽에도 도시의 소음이나 자동차 소리, 이웃집의 욕실 쓰는 소리나 엘리베이터 오가는 소리, 발소리가 내내 들렸는데. 바람소리와 어느 집 처마에서 흔들리는 풍경 소리 외에는 완전히 조용한 밤이 정말 오랜만이었다. 어릴 적 살던 사택에서 도심의 아파트로 이사한 후 잠자리에 들면 마치 도로 한복판에서 잠드는 것 같은 기분이 들었는데. 잊고 있던 밤의 고요를 되찾았다.

산후조리 중인 나는 계단 한번 오르내리는 것에도 무릎이 쑤셔서, 저녁이 되면 밤중 수유와 몇 번씩 깨는 아기를 다시 재우는 데 필요한 짐들을 바리바리 챙겨 들고 2층 침실로 올라가고, 아침이 되면 애들과 함께 다시 짐을 짊어지고 1층으로 내려오는 여행을 했다. 1층 마루를 디디는 순간의 나무 소리와 차가운 감촉으로 양옥에서의 밤이 지나고 한옥에서의 아침이 시작되었음을 실감했다.

새집에 익숙해지는 동안 초여름이 되었다. 툇마루에 걸터앉아 우리 마당만큼 작은 네모로 보이는 그날그날의 하늘 풍경을 감상했다. 층고가 높아 여름에도 시원한 거실에서 아기가 낮잠에 빠지면 그 옆에 뻗어 누워, 고래 배 속에서 보는 갈빗대 같은 서까래를 한참 바라보기도 했다.

첫째는 아주 바쁜 나날을 보냈다. 새로운 유치원과 동네에 적응하랴 집에 오면 마당에서 놀이하랴 할일이 참 많았다. 빨래 건조대 하나 펼치면 꽉 차는 작은 마당이었지만, 흙을 팠다가 물을 뿌렸다가 새로 나오는 풀잎을 관찰했다가 벽면을 기어오르는 담쟁이 손을 만지작거렸고, 손수건 염색, 비누방울 놀이, 벌레 수색 등을 했다. 마당에서 같이 꽃을 심고 가꾸는 일에도 아주 애정을 기울였다. 딸은 놀랍게도 그 시절 같이 화분에 심어 키웠던 꽃들을 다 기억하고 있었다. 어릴 때라 꽃의 생김새만 기억나고 이름을 알 수 없어 답답해하던 꽃은, 몇 년이 지나 그게 리빙스턴 데이지였다는 걸 혼자 찾아내선 다시 심고 기뻐했다.

마당이 있다면 해 봐야 할 버킷리스트 중 하나로 풀장을 설치해 여름 수영장을 개장했다. 아이는 친구들과 같이 집이 떠나가라 깔깔대며 즐겁게 놀았다. 마당 수영장에서 한참 놀다가 마루에 걸터앉아 수박을 먹고, 다시 물장난을 치다가 타월 두르고 계단으로 올라가 노는 아이들은 지칠 줄을 몰랐다. 첫째에겐 아마도 그 모든 추억이 담긴 계동 집이, 집이라는 곳을 떠올릴 때 기억나는 첫 번째 집일 것이다.

한옥집에서 신생아인 동생이 크는 동안 첫째는 그림을 아주 많이 그렸다. 하루 여섯 시간 이상 꼬박 그리기도 했던 시절. 아이의 그림엔 동물과 식물이 넘쳐났다. 이제 고등학생이 된 첫째는 취향이 분명하고 원하는 라이프스타일이 일관된 아이다. 무엇이 자신을 행복하게 하는지, 무엇을 좋아하고 사랑하고 가꾸고 싶은지, 어떤 집에서 어떻게 살고 싶은지. 첫째의 가치관은 그 작은 한옥에서부터 정립되기 시작한 게 아닐까.

한옥살이에 익숙해지면서 좋은 점도 많았고 처음 겪는 불편함들도 당연히 많았다. 일단 대지가 크고 옛 구조를 살린 전통 한옥과 달리, 우리집은 작은 규모의 개량 한옥이 밀집한 골목에 있었는데, 그래서 담이 없고 ㄷ자형 구조 중 골목 쪽 공간은 바로 벽 하나를 두고 길과 면해 있었다. 대문 밖 골목에 할머니들이 앉아서 무슨 얘기를 하시는지 집 안에서도 다 들렸다.

골목으로 마당으로 모두 밖과 통해 있으니 소리도 냄새도 잘 공유돼서, 밥하는 시간에 창을 열어 두면 어느 집에선가 풍기는 된장찌개 냄새나 생선구이 냄새도 나고, 명절이 되면 온 동네 전 부치는 냄새가 사방에 떠돌았다. 옆집과 붙어 있는 벽 쪽의 1층 서재 작은 창을 열어 두면, 옆집 할아버지가 바르신 스킨 향이 넘어 들어올 때도 있었다. 서재에 있는 우리는 '음~ 할아버지 외출하시려나 보다.' 했다.

계동 한옥집의 2층 창으로 본 지붕 너머 북촌 풍경.
서향으로 난 창문 덕에 멋진 인왕산의 실루엣과 노을진 하늘을 볼 수 있었다.

지인들이 놀러올 때는 좁디좁은 거실 가운데 찻상을 두고 어른 다섯 명 정도가 둘러앉으면 꽉 차서, 앉았던 자리를 벗어나기도 어려웠다. 친구들은 좁아도 비 오는 날 지붕에 비 떨어지는 소리, 처마에서 빗방울 흘러내리는 모습을 보면서 술 마시기 딱 좋은 집이라 했다. 내 집 말고 가끔 놀러 오는 친구 집으로.

건조가 제대로 안 된 함수량 높은 나무 자재를 써서 그런지, 장마가 이어지면 나무가 수분을 먹어 팽창하고, 나무 대문이 뻑뻑해지기도 했다. 출근할 때 대문이 열리지 않으면 남편을 불러 어깨로 세게 쳐서 겨우 나가기도 했다. 한편 겨울에는 수축한 나무들 사이로 복도에 칼바람이 들어왔다. 거의 바깥 공기와 맞닿아 있는 겨울의 한옥은 혹독했고 아이들은 겹겹이 옷을 껴입어도 한겨울 들판의 몽골 어린이마냥 볼이 빨갛게 되었지만 감기는 걸리지 않았다. 하나도 춥지 않을 거라고 했던 부동산 사장님의 말이 겨우내 계속 생각났다.

실외와 바로 이어지는 문을 열어 놓고 지내다 날벌레들과 전투를 벌이기도 했다. 창으로 매미가 날아든 적이 있었는데 매미가 첫째 다리에 붙는 바람에 울고불고 난리가 났었다. 두 날개를 펴고 비행하는 초대형 바퀴벌레를 잠자리채로 잡았을 때는 그 무용담을 얘기하면 아무도 믿어 주지 않았다. 그 잠자리채는 한옥 벽 사이에서 며칠씩 울던 아기 고양이를 구조할 때도 아주 혁혁한 공을 세운 최고의 장비였다.

이런저런 불편이 있더라도 사계절을 오롯이 느낄 수 있는 생활이었고, 매일 눈 닿는 곳에 하늘이 있어서 좋았다. 하늘과 함께 빛과 날씨에 민감해지고, 집 안에 있어도 계절을 온전히 오감으로 느끼는 시간들이었다. 집 안의 나무와 한지가 주는 따뜻한 빛과 그림자의 변화는 아무리 보아도 매번 달라 지루하지 않았다. 불을 껐는데도 마당이 환해서 나와 본 어느 날 밤에는 달빛이 그토록 밝구나 놀라서 아이와 한참 달빛 속에 서 있었다.

별것 아닌 아주 기본적인 것들에 관심과 신경을 쓰게 되는 생활에 익숙해지면서 오히려 단순해진 우리는 행복해지는 데에 아주 사소한 것들이면 충분하구나, 매일 느꼈다.

★ 계동길 ★

이모네 분식은 드라마 〈반짝반짝 빛나는〉에 외관 촬영이 나온 이후 그대로 황금알 식당으로 바뀌었고, 중앙고 앞에서 기념품 팔던 분이 이사해 지금은 잡화점으로 운영하고 있다. 이웃 한 분은 그 드라마를 너무 좋아해서 황금알 식당을 보러 왔다가, 그 참에 둘러보니 이 동네가 마음에 들어 충동적으로 이사를 결심해 지금까지 살고 있다고 했다.

아직 계동길에 50년 넘은 중앙탕이 운영될 때였고 커피한잔, 카페무이, 수연홈마트가 아기자기하게 있었다. 가게가 많지 않았지만 점심 시간을 맞은 현대 직원들이 일대 식당으로 몰려나올 때면 웨이팅이 길어지는 가게들도 있었다. 지금은 없어졌지만 대구 참기름집 옆의 이태리면사무소는 아주 작은 한옥 안 이탈리안 레스토랑에 중의적인 면사무소라는 단어가 계동길 정서와도 너무 잘 어울리는 네이밍이었고, 맛도 가격도 괜찮은 집으로 사랑받았다. 요즘도 단골이 많은 후스테이블은 그 집 아들 후의 그림들이 곳곳에 걸려 있고 어린이 손님들이 드로잉할 수 있는 종이와 색연필이 비치되어 있다. 빈티지한 인테리어에 안쪽까지 공간이 꽤 있는 데다 화덕피자와 파스타, 리조또가 맛있어서 모임 장소로도 애용했다.

공방들도 다양했다. 마루코 손뜨개 인형 공방, 목공을 기반으로 했던 듯한 우주디자인, 호기심을 자극하는 빈티지타임즈가 있었고, 미니 한옥 '미궁'은 사진작가님이 작업실로 꾸미셨다. 계동길에는 저마다 자기만의 세계가 있는 작가나 메이커분들이 자리잡았다. 젊은 분들이 같이 축제도 기획하고, 술자리로 친목도 다지는 모습을 볼 수 있었다. 그분들이 주축으로 합심하여 계동길에 2년간 방치되었던 계원갤러리 공간을 직접 대청소하고 함께 '길몽' 전시를 꾸몄다.

이사 오자마자 열린 축제로 계동길이 떠들썩해졌을 땐, 이 동네 뭐지? 하고 구경하며 첫째와 함께 체험에 참가하며 즐겼다. 계동길의 작가와 가게 주인, 동네 주민들이 자체적으로 기획해 만든 축제였다. 우리가 이곳으로 이사 온 2010년 6월과 2011년 9월까지는 계동길 축제를 주최한 사람들이 이들이었지만, 이후 많은 작가들이 떠나고, 가게들도 주인이 바뀐 후 한동안 축제는 없었다.

2017년부터 북촌 계동길 축제는 종로구가 주최하고 가회동 마을기금사업 주민운영회가 주관해서 주민 스스로 행사를 기획하고 진행하는 방식으로 바뀌었다. 석정 보름 우물 앞에서 재동초 풍물패의 공연을 시작으로 개막하는데 코로나 때 3년간 쉬고 2022년에야 재개되었다. 처음 계동길 작가와 가게 주인들이 진행할 때는 풋풋하고 어설프지만 용기 있게 벌인 마을잔치 같은 느낌이 있었는데, 이제 북촌 곳곳에서 열리는 감고당길의 공예마켓, 공방축제, 계동길 축제는 규모도 크고 체계적이고 좀 더 자치단체의 축제란 인상을 준다.

2011년 9월 흑백 인물 사진으로 유명한 물나무 사진관이 오픈했다. 사진문화공간을 지향하는 이곳은 중앙목욕탕 옆 건물에 들어섰는데, 흑백 필름으로 촬영해 예전 방식대로 현상하고 수작업으로 인화하는 사진관이다. 물나무 사진관의 사진은 내부뿐 아니라 계동길 내내 볼 수 있다. 계동길 가게마다 주인장들의 흑백사진이 크게 걸려 있는 것이다. 이로써 가게를 운영하는 사람이 길을 향해 환하게 드러났다. 지금도 계동길을 걷다 보면 평소 모습 그대로 환하게 웃는 가게 주인의 사진들을 만날 수 있다.

프랑스 영화감독 미셸 공드리를 좋아하고 영화계 일을 했던 윤범석 님이 그를 오마주 한 이름의 '카페 공드리'를 열었다. 동네 주민과 영화인들의 아지트인 이곳은 저녁에는 펍으로 변신해 외국인들도 좋아하는 공간으로 9년간 운영됐다. 그 후 윤범석 님은 제주로 옮겨 책방 무사 옆에 제주 카페 공드리를 다시 열었다.

중앙고 오른편 오르막에 있던 진미용실은 2015년 가수 요조의 책방 무사가 되었다. 진미용실 간판을 그대로 단 책방에서는 요조 님이 홍콩 배우 겸 감독인 주성치에 대한 책부터 취향과 가치관에 맞게 큐레이션한 책들을 구경하기 좋았다. 두 해 정도 운영하다 제주 성산읍으로 옮겼는데, 기존 책방 무사의 자리는 독립서점 비화림이 이어받았다.

싼 임대료로 이곳에 터를 잡았던 작은 공방과 가게는 삼청동의 인기가 높아지며 젠트리피케이션이라는 이름 아래 월세가 더 싼 곳으로 떠났다.

사람들의 관심을 받으면서도 문화재와 역사적 자원이 많은 이곳 북촌을 이후에 어떻게 발전시키면서 보존할 것이냐에 서울시와 원주민들, 상가 측 입장이 모두 달라서 꽤 여러 논의와 갈등이 있었던 것이 기억난다.

그 당시에는 70년대가 생각나게 하는 시간이 멈춘 듯한 동네로, 길에서 만나 인사하며 식사했냐 묻고, 해가 비치는 오후에는 문앞 계단에 할머니들이 모여 앉아 정담을 나누시고, 문단속 안 해도 내 집처럼 봐 주는 이웃들이 조금 더 주인 같은 분위기였다면, 지금은 외부 방문객의 수가 압도적이다. 이제 정겨운 모습은 눈에 덜 띄는 것 같다.

계동길에 1969년 개업한 역사적인 중앙탕이 2014년 11월 16일 문을 닫았다. 과거 중앙고등학교 축구부와 야구부의 샤워시설로 건립되었다가 학교 내 샤워실이 생기며 이를 인수한 개인이 대중목욕탕으로 운영했다. 1970~80년대에는 하루 평균 200여 명의 손님을 받을 정도로 성황을 이룬 시기도 있었다.

오랜 역사의 중앙탕은 완전히 사라지는 대신 변신했다. 안경 브랜드 젠틀몬스터가 임대해 2015년 '남겨진 것과 새로운 것의 공존'이라는 콘셉트로 과거의 대중목욕탕 흔적을 느낄 수 있는 전시 공간으로 꾸몄다. 1층 중앙 공간에 목욕탕에서 물을 데우는 실린더를 활용해 그 동력이 2층의 전구들을 밝히도록 설치된 작품들도 구경할 수 있었다. 이런 보전 노력으로 중앙탕과의 이별에는 좀 더 유예 기간이 생겼으나 유지보수의 어려움과 안전상의 문제로 2019년 플래그십 스토어도 문을 닫았다.

계동길을 포함해 북촌의 변화는 이후 더 가속이 붙은 것 같다. 저마다의 개성을 가진 새로운 곳들이 빠른 속도로 생겨나고 사람들을 모았다. 2017년 미트마켓 자리에 카페 레이어드 안국점이 오픈했고, 안국역 2번 출구로 나온 사람들이 카페 노티드 앞에 겹겹이 선 웨이팅 줄을 보고 당황했던 시기도 있었다. 조선시대 포도청이었던 현대 사옥 맞은편 한정식집은 2019년에 카페 어니언이 되면서 한옥 공간을 새롭게 즐길 수 있게 됐다.

자연스런 인물 사진을 찍는 물나무 사진관.
2011년부터 이곳에서 한국적인 사진, 아날로그 사진을 추구하고 있다.

재동초등학교 맞은편 비엣콴 베트남식당 1층은 2046팬스테이크였다가 남도분식으로, 그러다 2021년 9월 런던베이글뮤지엄이 되었다. 대대적인 공사 여정을 그 앞을 오갈 때마다 눈여겨보았다. 내부 철거 후 창이 모두 우드 프레임들로 바뀌며 빈티지하고 따듯한 색으로 채워졌다. 철제문을 공들여 페인팅하는 모습까지 매일 조각조각 변화를 보게 되었다. 그러더니 런던베이글뮤지엄이라는 가게명과 함께 다른 곳에서 볼 수 없는 유니크한 태피스트리가 걸렸다. 손으로 그리고 빈티지하게 다듬는 긴 작업 공정을 거쳐 완성되어 가는 과정을 관찰하며 기대감이 차올랐다. 역시나 런던베이글뮤지엄은 가오픈 당일부터 핫해져 버렸다. 학교를 마치고 친구들과 하굣길에 어마어마한 인파가 베이글집 앞에 모여 있는 모습을 보고 놀란 초등학생 아들은 대체 거기 무슨 일이 있는 거냐고 묻고, 빵 먹으려고 기다리는 거란 말에 두 번 놀라고 말았다.

★ 59년 된 벽돌 건물은 '최소아과'에서 '계동 이익'으로 ★

계동길의 터줏대감이자 주민들의 친근한 일상 공간이었던 중앙탕이 46년 만에 영업을 중단하자, 또 하나의 랜드마크인 최소아과의 멸실을 걱정하는 사람들이 늘었다.

인상적인 외관에 계동길을 지나는 누구나 오래 기억할 수밖에 없는 계동길 초입 사거리의 최소아과는 1964년 건립된 2층 벽돌 건물로 계동의 정체성을 보여주는 근대문화유산이었다. 한국 의료 1세대인 최익순 원장님이 개업해 작고하시기 1년 전인 2017년까지 54년간 진료를 계속 맡아 보셨던 곳으로 계동의 어린이들이 진료를 받고, 그들이 어른이 되어 아이를 데리고 다시 들르던 의미 있는 병원이었다.

동네 사람들은 세월이 느껴지는 벽돌과 건물 크기에 비해 매우 컸던 검정 레터링의 최소아과 간판을 오래 보아 왔다. 긴 나무 마룻바닥이 깔린 병원 복도를 지나 진료실로 향했던 기억, 최 원장님과의 추억을 얘기하는 주민도 많았다.

최 원장님의 별세 이후 이곳은 여러 사람의 임대를 거쳤다. 건물과 어울리지 않게 옷가게로 운영되거나 폴딩도어를 달기 위해 한쪽 벽을 허무는 등 변화가 마음에 걸리고 안타까운 게 나만은 아닌 듯했다. 최소아과의 위치는 계동길의 시작이면서 마을로 이어지는 입구로 동네 분위기를 좌우하는 정말 중요한 지점이었다. 역사문화미관지구, 한옥밀집구역, 한옥보존구역, 건축자산진흥구역에 위치한 근대 역사문화자원인데도 문화재로 지정되지 않으면 철거를 막을 법적 근거가 없다. 소유자의 보존 의지가 건물의 운명을 결정짓는 데 아주 중요했다.

최소아과는 개원 이후 같은 소유자의 동일 업종, 동일 기능으로만 이용된 건물로 최소한의 구조 변경이 되어 있고, 건물 벽에 '의학박사 최익순' 이라는 문패도 여전히 걸려 있는 데다 북촌이라는 지역 경관을 보존하려는 의식이 높은 곳에 있다. 나는 경제적 측면에서도 그곳의 보존 가치가 충분하다고 믿었다.

어느 날 최소아과 건물은 다시 공사에 들어갔다. 방치되어 있을 때도 안타까웠지만 오래된 건물이 여러 번 수리를 거치는 것에도 위태로운 마음이 들었던 주민들은 이번에는 또 어떤 곳으로 바뀌려나 그저 지켜보았다. 공사가 마무리되었을 때, 기존 모습을 잘 보존하면서도 은은히 밝아진 느낌이었다. 계동길을 오가는 사람들이 앉아서 쉴 수 있도록 거리와 연결된 모습이 드러났다. 멋진 벽돌 건물 외관 그대로 와인바 '계동 이익'이 영업을 시작했다.

계동 이익을 운영하는 EEOO Seoul의 이승환 대표는 북촌을 들를 때마다 최소아과 모습이 너무 아까웠다고 한다. 북촌에 기존 가게가 없어지고 새로운 상점들이 들어오며 옛 모습이 빠르게 사라지는 중이었지만 그는 최소아과 건물만은 계동의 정취를 가장 잘 담고 있는 공간으로 남아 주길 바라는 마음이었다. 새로운 와인바 장소를 물색하던 어느 날, 동료들의 휴대폰 앨범에 모두 최소아과 건물을 찍은 사진이 있다는 걸 알게 되었고, 운명이라 느끼며 이 장소를 선택했다고 한다.

내부 리모델링 공사 중인 최소아과 건물.
아직 커다란 간판을 그대로 달고 있다.

건물의 용도를 바꿔 원하는 공간으로 만들기 위해서는 대대적인 보수가 필요했는데, 사실 너무 오래된 건물이라 수리비도 많이 들고, 안전성의 문제로 선뜻 공사를 하겠다고 나서는 이가 없었다. 구옥에 대한 이해도가 높은 포머티브 건축사사무소와 함께하며 이 연와조의 오래된 건축물에 H빔을 보강하고 천장을 드러내 상량보를 살리고, 채광을 위한 천창을 새로 냈다. 옷가게 운영 때 벽을 허물고 폴딩도어를 단 곳은 다시 벽을 복원하고, 내부 모든 벽면에는 철판을 덧대 안정성을 높였다. 기존 계단의 동선을 거꾸로 바꿔 안쪽에서부터 컬러 철제 계단을 나선형으로 돌아 올라가는 구조가 되며 공간 활용도를 높였다. 외부에서 봤을 때의 기본 구조는 직선이나 각진 형태이지만 내부는 아치와 곡선, 컬러와 간접 조명으로 색다른 분위기를 냈다.

무엇보다 인상적인 점은 안팎의 연결이다. 계동길에 친숙한 원형 그대로 어우러지면서 길을 지나는 사람도 건물을 통해 계동이라는 공간을 느끼고, 건물 안에 있는 사람도 넓은 창을 통해 계동길에 있음을 느끼며 안과 밖이 연결된 정서를 공유할 수 있다. 외부에 마련된 작은 벤치들은 누구나 자유롭게 이용할 수 있다. 이승환 대표는 동네 어르신들이 앉아 쉬면서 예쁘게 잘 고쳤다고 칭찬해 주실 때 제일 뿌듯했다고 한다.

1년가량 준비해 2020년 6월 이익을 오픈했을 때만 해도 이 대표는 코로나19가 금방 끝나겠지 했다. 이 대표는 예상보다 훨씬 더 장기화된 거리두기 기간 동안에 일부러 찾아와 준 고객들이 있었기에 이익 공간에 더욱 특별한 애정을 갖게 되었다. 오래도록 이익이 과하지 않고 소박한 추억의 장소가 되기를, 이 공간을 아끼는 마음으로 시작한 만큼 이 길을 지나치는 사람들과 이익을 방문하는 고객 모두에게 여운이 가득한 장소가 되는 것이면 그걸로 충분하다고 생각한다고 한다.

더 많은 사람이 계동 이익의 공간을 느끼고 활용할 수 있는 방법이 있을까 고민하는 그는 여기에 잘 맞는 경험을 선사할 수 있는 뜻있는 이들과의 협업도 언제나 환영한다고 말했다. 이곳의 의미를 살려 함께 즐길 수 있는 일을 마음껏 만들어 가면 좋겠다.

길 건너에서 본 계동 이잌. 내부의 빛이 따스하게 새어 나오고
벽면에 걸터앉을 수 있는 벤치는 지나는 이들을 반긴다.

생각해 보니 계동으로 이사해 내가 본 최소아과는 인기척이 없는 건물이었다. 사람의 온기와 손길이 느껴지지 않는 건물은 외관이 예쁘고 인상적이더라도 어두운 기운을 주기 마련이다. 그동안 계동길 초입을 소중하고 특별하지만 스산하게 지키고 있던 최소아과 건물은 이제 환한 랜드마크가 되었다. 옛 정서를 느낄 수 있는 외관 그대로, 안에서 즐거운 표정으로 웃고 떠드는 사람들이 뿜는 바이브가 이제는 계동길을 더 따뜻하고 활기차게 하는 것 같아 참 다행이다.

★ 중앙고등학교 ★

계동의 우리집은 고려대학교 건물과 흡사한 고딕풍 석조 건물이 있는 중앙고등학교와 매우 가까웠다. 구석구석 아름다워서 촬영지로 많이 나온 중앙고는 본관 뒤편의 붉은 벽돌조 2층 건물이 마주보고 있는 고딕식 동관과 서관은 일본인 건축가 나카무라 요시헤이가 1923년 설계해 세웠고, 본관은 1934년 화재로 소실되어 1937년에 고려대 본관을 설계한 건축가 박동진이 다시 건축했다. 본관과 동관, 서관은 중요 근대 건축물로서 사적으로 지정되어 문화재로 관리되고 있다.

정문을 지나 운동장 쪽으로 가다 보면 한옥으로 3.1기념관이 있는데 원래 정문 앞에 있던 숙직실을 강당을 지으며 철거하고 복원한 곳이다. 중앙고보 숙직실 터는 국가보훈처 지정 현충시설이다. 도쿄 유학생 송계백이 1919년 1월 중앙고보를 방문해 숙직실에서 송진우, 현상윤을 만나 '2.8 독립선언서' 초안을 전달하고 거사 계획을 알려 3.1운동을 촉발시킨 유래가 있다.

웬만한 대학 캠퍼스 크기의 학교라 정규 축구장 규격의 드넓은 인조잔디 운동장도 갖췄다. 주말에는 아이들이 뛰어놀고, 조기 축구회도 종종 공을 찬다.

북촌은 안전하고 넓은 평지가 드문 동네여서 아이들이 두발 자전거를 배우거나 인라인 스케이트를 탈 때 중앙고 운동장을 애용한다.

고딕풍의 4층 탑을 두고 좌우 대칭인 중앙고등학교 본관.
고려대학교 본관과 동일하게 박동진이 설계한 근대식 석조 건물이다.

중앙고등학교 운동장에서 본 창덕궁 신선원전.
운동장에서 넘어온 축구공이 괘중정 앞 풀숲에 놓여 있다.

운동장이 창덕궁과 거의 붙어 있어서 이곳에서 창덕궁을 바로 내려다볼 수 있는데, 신선원전(新璿源殿)을 볼 수 있는 유일한 곳이기도 하다.

원서동 빨래터 옆에는 신선원전으로 가는 큰 외삼문이 있다. 이 문으로 올라가는 길 끝에서 중앙고에서 내려다보이는 신선원전에 닿는다. 신선원전 수복방과 채실 옆 가장자리로 작은 수로가 흐르는데 아마도 이 소하천이 궁내에서 원서동 빨래터까지 흘러가는 수원인 듯하다.
'선원(璿源)'은 '왕실의 유구한 뿌리'란 뜻으로 역대 왕들의 어진을 모시고 제사를 지내던, 궁궐 안 왕실의 사당이다. 고종이 승하한 후 일제가 덕수궁에 있던 선원전 터를 민간에 매각해 1921년 3월 창덕궁 서북쪽 옛 북영 자리인 이곳으로 옮겨 지은 뒤 새로운 선원전이라 하여 신선원전으로 불렀다.
태조부터 고종까지 12대 어진이 봉안되어 있었으나 한국전쟁 때 부산으로 옮겨졌다 화재로 대부분 소실되어 영조의 초상화, 타고 남은 태조 · 문조 · 철종 초상화만 남았다고 한다. 문화재 옆이라 미관상 낮게 쳐 둔 펜스를 가끔 운동장에서 찬 축구공이 넘어가는 경우가 있다. 얼마 전에도 운동장 끝에서 내려다보니 괘궁정 앞 풀숲에 주워 가지 못한 축구공 하나가 덩그러니 보였다.

운동장 위쪽으로 후문 방향에 중앙중학교가 있어서 교정을 공유하는데, 중앙고 정문으로 들어가 운동장을 지나 후문으로 나가면 금세 감사원과 삼청공원 쪽으로 이어지기에 산책이나 운동하는 코스로도 많이 이용한다. 고려사이버대학교를 지나 후문으로 나가기 전에 나무 사이로 벤치들이 두 줄로 나란히 놓여 있는 공간이 아주 작은 공원 같다. 가끔 이곳에서 딸아이는 나를 앉혀 두고 선생님 놀이를 했다.

지금은 폐쇄되어 자습실 공간으로 쓰는 듯한 인문학 박물관이 처음 생겼을 때 주말 아침에 꽤 자주 들러서 시간을 보냈다. 우리에게는 집 바로 앞에 새로 생긴 작은 도서관이나 마찬가지였다. 박물관에 가서 한국 문화사나 인문학 관련 소장품 전시를 보고, 1층 도서관에 들러서 이 책 저 책을 보며 한두 시간을 알차게 보낸 적이 많다. 계간지를 보는 내 옆에서 어느 날 《뉴타입》 애니메이션 잡지를 뒤적이다 그 이미지들에 빠져 버린 아이는 다음부터는 곧장 가서 그 잡지를 꺼내들고 한참을 집중해서 보곤 했다.

어느 비 오는 여름날 주말, 늦잠을 자는 남편과 둘째를 집에 두고 딸과 함께 우산을 쓴 채 도서관으로 향하던 순간이 기억난다. 나는 김애란의 연재소설을 읽으러, 딸은 《뉴타입》의 〈소울이터〉나 〈듀라라라〉를 보러 약간 들뜬 마음으로 골목길을 나와 정문으로 걸어가던 별것 아닌 추억.

★ 골목과 동네 이웃 ★

계동에서 오래 사신 할머니들과 골목 이웃으로 살다 보니, 계단이나 그늘에 돗자리 깔고 앉아 계시다가 내가 유아차를 밀고 나가면 아기가 예쁘다며 천 원짜리를 쥐여 주시기도 하고 아이가 꾸벅 인사라도 하면 그렇게 예뻐하셨다. 무엇이든 가꾸고 키우는 걸 좋아하시는 분들이라 집 안과 골목에 화분이 많고 예쁜 화초들은 물론 마술처럼 별의별 화분 농사가 지어졌다. 2년 넘게 인사를 나누던 앞집 할머니는 마당이 넓은 한옥을 정갈하게 평생 건사하시다가 나이 들어 더 힘들기 전에 정리하겠다고 한옥을 팔고 아쉽게도 오피스텔로 이사 가셨다. 할머니의 한옥은 이후 체험 교육을 하는 곳으로 운영되다 현재는 한옥 스테이 공간으로 바뀌었다.

아이들이 크고 이웃들을 사귀게 되면서 온 동네가 아이를 함께 키우고 보살피는 느낌이 커졌다. 처음 이사 올 집을 알아보려 이 동네에 들렀을 때 이모네 분식집에서 봤던 동네 어른과 아이의 관계가 우리 가족들에게도 점차 스며들었다. 유치원과 학교에 아이들을 보내면서 학부모들은 커 가는 동네 아이들과 형제자매들을 마주칠 때마다 같이 챙겼다. 여러 세대에 걸쳐 이 지역에 살아온 가족들의 터전 중심에 학교가 있고, 초등학교 보안관 선생님은 누가 누구와 사촌 관계인지, 오늘 하굣길에 아이 데리러 온 분이 고모인지 이모인지 모두 알고 계셨다. 아이 일로 학교에 가면 요즘 할머니는 어떠신지, 지난번에 외할아버지와 만난 얘기들을 건네신다.

서울 초등학교지만 정말 시골마을 같은 정서가 있어서, 내가 본 초등학교 운동회 중 동네 할머니 할아버지가 가장 많이 구경 오시는 곳이었다. 학교가 끝나면 아이들은 해가 질 때까지 운동장에서 놀다가 보안관 선생님이 "이제 문 닫을 시간이다!" 해야 집으로 돌아갔다. 하교 시간에 맞춰 바로바로 학원 버스가 아이들을 실어 가는 풍경도 없었다. 병설유치원생이나 저학년 엄마들은 운동장 스탠드에 앉아 얘기를 나누며 아이들이 다 놀기를 기다렸다. 가자고 불러도 대답 없는 놀이 삼매경인 아이들 때문에 힘이 빠질 때면 지친 얼굴로 "우리 앞으로 몇 년을 더 여기 앉아 있어야 되는 거냐."고 푸념도 했다.

누구네 집 아들이 계동길을 지나가면 마주친 동네 어른이나 학부형들은 놓치지 않고 살피고, 다른 친구들이 놀고 있는 위치를 귀띔해 주거나 그 부모님에게도 아이 만난 얘기를 전해 주기 마련이다. 물론 사춘기가 깊어져 덥수룩한 앞머리로 눈을 가리고 다니는 중학생이나 한참 꾸미는 데 열심인 풀메이크업 여자친구들은 먼저 인사하지 않으면 모르는 척 넘어가 준다.

★ 마을버스 ★

북촌에서 낙원동, 종로, 공평동, 조계사, 안국역, 중앙고, 성대후문까지 다니는 마을버스는 주민들의 요긴한 교통 수단이다. 1번과 2번의 마을버스를 번갈아 타며 늘 만나는 기사님들은 주민들의 오랜 이웃이기도 하다. 버스에 타는 할머니, 아주머니 들이 이런저런 간식거리도 챙겨 드린다. 동네를 지나며 누가 언제 탔었는지, 길가에 누가 지나는지를 알 수밖에 없는 기사님들은 주민들의 메신저 역할도 하신다.

바쁜 아침이어도 기사 아저씨는 버스에 오르는 아이에게 "왜 오늘은 동생이랑 안 탔어? 그 이상한 옷 입고 학교 가는 거야?"라며 오만 참견도 하신다. 어느 날은 기사님 뒤에 앉은 할머니에게 지난밤에 술 많이 잡순 할아버지가 한 호프집 앞에서 몸도 못 가누는 걸 목격한 얘기를 건네니, 할머니는 좀 전에 그 일로 부부싸움 한 얘기를 열을 올려 하시고. 기사들끼리 무전을 통해서 지금 시위 통제로 종로 지나는 게 어려운지, 폭설 내린 겨울날 길이 얼어서 빨래터에서 중앙고 고개 올라가는 것은 포기해야 하는지, 노티드도넛 개업 초기에 많은 사람들이 줄서서 사던 도넛을 먹어 봤는데 맛이 어떻더라 하는 얘기까지도 들을 수 있다.

기억나는 마을버스 에피소드가 참 많다. 을지로로 출근하려고 마을버스를 탄 아침이었다. 한시가 급한 출근길인데 하차하던 한 할머니가 "지체하면 안 돼죠? 나 금방 오는데."라 말하며 내려서 돈미약국에 들어갔다. 기사 할아버지는 "그냥 가면 욕 먹을 텐데 기다려야겠지…?" 하며 초조하게 갈등하셨다.

마음 약한 기사님은 바로 뒤에 앉은 할머니 손님이 "아 언제 올 줄 알고 기다려. 이게 지 자가용이야? 어서 가소!!!" 소리를 치자 그제서야 허허 웃으며 출발하셨다. 기사님은 기어를 바꿔 엑셀을 밟으면서도 "아직 안 나왔어요?"라며 백미러를 보고, 뒤에 앉은 할머니 손님들이 일제히 "아, 약 금방 안 줘, 안 나왔어."라고 소리쳐 확인해 주자 조금 마음 놓은 표정이 되셨다.

어느 주말 마을버스에선 앞자리에 점퍼 아래로 긴 튜튜스커트 같은 걸 입고 계신 할머니가 눈에 띄었다. 낙원상가 앞에 잠깐 정차할 때 기사 아저씨가 "아니 그렇게 이쁘게 입고 어디 가시는 거예요?" 묻자 천천히 손잡이를 잡고 기사석 앞까지 간 할머니는 가볍게 몸을 흔드시며 목적지를 알려 주셨다. 나는 귀여운 할머니 모습에 웃음이 났지만, 아마 외지에서 온 방문객이라면 마을버스 1, 2번에서 이런 대화나 분위기를 만나면 좀 당혹스러울 수도 있겠다.

종로01 마을버스.
창덕궁길을 부지런히 달려 인사미술공간·세탁소 정류장으로 향하고 있다.

☆ 두 번째 집, 소격동 복층 빌라 ☆

이사 나가는 날 쪽마루의 문짝들을 모두 떼어 내고.
휑해진 마당을 보며 이 집에서 복닥거리며 살았던 날들을 한참 회상했다.

작은 마당에서 알게 된 기쁨과 누릴 것들을 충분히 경험한 3년째, 첫째가 마당에서 놀다가 들어와 내게 말했다.

"엄마 다음번에는 마당 말고 정원 있는 집으로 이사 가요."

이 마당 세계가 좁게 느껴질 만큼 큰 건가. 마침 계동집에서 옮길 집을 알아봐야 했다. 아파트가 아닌 각각 다른 조건의 집들이 있는 동네에서, 정원 있는 집은커녕 적당한 공간과 시기와 예산에 맞는 집을 찾는 것조차 쉽지 않았다. 퇴근길에 부동산에 틈틈이 들르던 어느 날, 소격동의 한 빌라를 소개받았다. 건물 완공 후 내내 한 가족이 살아 온 복층 구조의 빌라가 나왔다니, 바로 집을 보러 갔다.

빌라는 화동 고개를 올라 정독도서관에서 삼청파출소로 이어진 북촌로 5가길에 있었다. 모든 사람들이 풍년쌀농산의 떡고치를 하나씩 들고 다니는, 관광객이 많이 오가는 길가의 건물들 윗층에는 주민들이 살고 있는 집들이 꽤 있다는 걸 처음 알았다. 작은 주상복합 건물인 셈.

아주 작은 체구의 80대 주인 할머님은 오래전 남편이 지은 4층 건물에 1층만 가게 임대를 주고, 2층은 할머님이 따님과 살며, 3/4층 복층을 큰아들 가족에 내주고 계셨다. 곧 큰아들 가족이 다른 곳으로 이사 나가게 되어 세입자를 구하게 되었다고.

소격동은 생소하고 아이들 유치원이나 학교와는 좀 멀어지지만, 복층이어서 방 3, 화장실 3, 거실 2, 부엌과 무엇보다 옥상의 넓은 공간을 쓸 수 있는 것이 마음에 들었다. 그동안 계동 한옥의 좁게 나눠진 방들을 요리조리 다니며 아담한 마당을 누렸었는데, 소격동 빌라는 공간들이 넓고, 탁트인 옥상에서는 코앞에 북악산과 민속박물관이 보이는 위치였다. 매물이 많지 않은 동네에서 우리 여건에 맞는 곳이 찾는 시기에 맞춰 나온 것도 행운이다 싶어서 기분 좋게 이사를 결정했다.

계동으로 이사 들어올 때 엄청난 고충이 있었던 터라 이사 나갈 때는 최대한 한옥과 빌라의 구조와 특수상황, 우리 짐들에 대해 이사 업체에

꼼꼼히 설명했다. 드나드는 도로가 좁으니 트럭도 작은 걸 불러야 한다는 것도 알고 있었다. 한옥에서 짐을 뺄 때 역시 고생 좀 하겠지 했는데 생각보다 순식간에 모든 짐이 잘 나가고 몇 시간 만에 휑해진 집이 되어 당황스러웠다.

막상 한옥집을 떠나게 되니 어설픈 한옥 생활이었지만 이 집에서 누린 시간들이 모든 공간마다 추억으로 쌓여서 꽤나 아쉬웠다. 태어난 지 한 달째에 들어온 둘째가 사방으로 뛰어다니는 개구쟁이가 될 때까지, 기와지붕 위의 풍경부터 마당 툇마루 밑의 흙까지 살피고 이 집의 모든 것을 사랑하던 딸아이의 유년을 품어 준 작은 집. 이사하는 날 아침에 마당 화분의 자스민 꽃이 활짝 피었다. 짐을 다 실어 놓고 아저씨들이 점심 먹으러 간 후 텅빈 마당 한편에서 남편과 둘이 아쉬운 마음으로 기념 사진을 찍었다. 2012년 5월 25일.

소격동 빌라는 한옥보다 넓어서 피아노와 취미생활을 위한 거실을 따로 둘 수 있었다. 넓은 공간을 마음껏 쓰는 것은 좋았지만 인접한 가게들이 한창 영업 중일 때 창문을 열면 바로 커피 볶는 향과 닭꼬치 냄새가 섞여 풍겨 왔다. 주말에 옥상에 올라서면 화개길을 무리지어 구경하는 사람들의 물결을 바로 위에서 바라보며 관광지 한가운데에서 살고 있다는 실감이 났다. 그래도 저녁 여덟 시가 지나면 가게들도 문을 닫고 사람들 발길도 뜸해져 한적한 밤 시간을 즐길 수 있었다.

"저희 둘째가 아직 어려서 주의를 주겠지만 뛰어다니면 소음이 들리실까 걱정이에요." 주인집 할머니께 조심스럽게 미리 양해 말씀을 드렸다. 32년생 할머니는 어차피 본인 귀가 어두워 잘 안 들리니 전혀 신경 쓸 것 없다며 오히려 아이가 있으면 볼수록 귀엽고 좋지 하며 웃으셨다. 할머니는 좋아하는 맞춤떡이 오면 나눠 주시고, 어느 여름날엔 우리 가족이 평생 본 중에 가장 큰 왕수박도 보내 주셨다. 아래층에 답례 심부름을 보내면, 아들은 아직 어려 말이 서툴러도 몸짓으로 감사 표현을 하고 할머님의 폭풍 칭찬을 받아 엄청 뿌듯해하며 신나서 돌아왔다.

안방에서는 '만수의 정원'이란 식당 뒤채가 보였는데, 진돗개 만수가 밤에 짖는 소리가 침대에 누운 내 귀에 직통으로 들려서 처음엔 깜짝깜짝 놀라기도 했다. 길고양이가 지나가서 짖는 건지, 아주머니가 안으로 들어오라고 만수를 불러 보지만 만수는 항상 야외 취침을 더 좋아했다. 봄이면 만수네 라일락이 한창 꽃을 피워 부엌창으로 향기를 진하게 넘겨 줬다.

소격동 옥상에서 좀 더 많은 화분을 가꾸고, 여름에는 다시 어린이 풀장을 개장해 동네 친구들을 불러 물놀이를 했다. 피곤한 주말엔 갑갑해하는 아이와 옥상에서 소꿉장난이나 비눗방울 놀이를 하면 탁 트인 곳이라 외출하지 않아도 마음을 달랠 수 있었다. 보름날 커다란 달을 보면서 소원을 빌고 눈이 쌓이면 작은 눈사람도 만들었다.

맞은편 북촌호떡집 할머니는 새벽 일찍 나와 부지런히 반죽을 준비하셨다. 어느 날 아침에 벨이 울려서 나가 보니, 호떡 할머니가 그날따라 본인이 먹고 싶어서 시루떡을 만들었다며 위생모자를 쓰신 채로 뜨거운 떡을 직접 가져다 주셨다. 할머니는 우리 아들이 지나갈 때면 아주 반갑게 불러 호떡도 주시고 식혜도 주시곤 했는데 아들의 이름은 늘 바뀌었다. 형준이 성진이… 수많은 변형 중에 끝내 아들의 이름을 정확히 부르신 적은 없어 신기하지만 곰살궂고 다정한 할머니의 호떡은 가장 큼직하고 맛있었다. 쌀 배달도 하며 자전거를 타고 동네를 누비시던 할아버지의 건강이 나빠지셔서 안부를 여쭐 때마다 같이 걱정하던 게 일이었다.

이때 북촌은 촬영지로 각광받으며 각종 예능 프로와 드라마에도 자주 등장해서, 어느 날 아침엔 출근하려 집 문을 열고 나오다 코앞에서 〈런닝맨〉 출연 멤버들과 눈이 마주치기도 했다. 화개길을 배경으로 드라마 주인공들의 모습을 내려다보는 씬이 있다며, 어떤 촬영 스태프가 우리집 옥상을 빌려 달라고 통사정을 해 온 적도 있었다.

오래전 〈겨울연가〉 이후로 유명해진 중앙고등학교는 걸그룹 여자친구의 뮤직비디오에 나왔다. 서태지의 〈소격동〉, 드라마 〈또 오해영〉, 〈사랑의 온도〉, 〈도깨비〉, 〈그해 우리는〉, 영화 〈유열의 음악앨범〉 등등 북촌 전역의 골목 곳곳의 모습이 아름답게 영상에 담겼다. 우리 동네에서 주로 촬영된 드라마를 볼 때면 알 만한 곳이 연신 나와서 어디인지 맞추느라 드라마에 집중하기가 힘들기도 했다.

가까운 정독도서관은 산책 삼아 걸어가 등나무 그늘 아래 벤치에 앉아만 있어도 평화로운 곳이다. 도서관 밖 북촌이 사람으로 북적이고 주차장까지 대기하는 차들의 행렬이 끊이지 않아도 잔디밭과 분수대, 울창한 나무에 둘러싸인 정원은 다른 세상같이 느껴진다. 특히나 봄이면 하얀 벚꽃이 풍성하게 피어나 구름처럼 화사해지는 곳이라 벚꽃을 보러 꼭 들러야 할 명소다. 벚꽃이 만개해 하얗게 등이 켜진 듯 보이는 밤의 모습도 멋지고 꽃잎이 바람에 날리며 떨어지면 사람들의 감탄이 이어진다. 5월이 되면 등나무꽃이 탐스럽게 주렁주렁 매달려 피어난다.

소격동 집 옥상에서 보이는 국립민속박물관의 어린이박물관에서 다채로운 상설전을 시간별로 예매하면 여느 키즈카페보다도 구성이나 내용이 풍부한 체험을 할 수 있어 아이들이 놀기 좋아한다. 여름날엔 박물관 마당에 재래식 펌프 하나로 물장난을 치며 하루종일 놀이가 끊이지 않았다.

삼청파출소에서 청와대 방향으로 길을 건너면 팔판동이다. 조선시대 여덟 명의 판서가 살았다는 데서 유래한 이름으로 총리공관 앞까지 고즈넉한 분위기의 동네다. 팔판동 골목에서 'Since 1940'이라는 간판을 달고 있는 팔판정육점은 단연 역사가 깃들어 보이는 곳으로 처음 팔판동을 둘러볼 때 바로 이끌려 들어가 본 곳이다. 사장님은 한자리에서 3대를 이어 정육점을 영업한 터줏대감으로 총리공관도 이곳 단골이었고 우래옥, 하동관과도 70년 넘게 거래하는 정육 명장이라 잠깐의 대화에서도 자부심이 대단했다. 긴 세월 함께 일하며 가족 같아진 직원들과 사장님의 대화를 듣는 것도 재미있었고, 바쁘지 않을 때 들려 주시는 동네 역사나 고기에 대한 얘기는 언제나 흥미로웠다. 한우 등심이나 그날그날 추천해 주는 부위를 사 먹곤 하는데 육횟감으로 썰어서 내주는 꾸리살은 양념해서 먹으면 가장 신선하고 맛있는 육회가 된다. 명절 전에 들르면 밤샘 작업해 금색 보자기로 포장한 한우 선물 세트들이 높게 높게 쌓여, 과연 회장님 댁 단골이 많구나 실감하기도 했다.

3대를 이어온 팔판동의 터줏대감 정육점.
정육점 뒤편에 아주 큰 보관 창고가 있어 엄청난 양의 암소가 숙성되고 있다고 한다.

넓은 ㄱ자형 옥상에 마련한 여름날 풀장.
뾰족한 북악산 봉우리와 삼청동의 풍경을 감상하기 좋은 위치였다.

☆ 그동안 ☆ 변한 것들

사람들이 살고 있는 마을이자 문화유산과 고궁을 보러 많은 관광객이 몰리는 북촌은 늘 거주 환경 개선과 관광 수요에 대비한 투자 간의 입장이 맞서곤 했다.

1894년 우리나라 최초의 근대식 초등교육기관으로 세워진 교동초등학교, 1895년 세워진 재동초등학교만 해도 역사적 중요성이 있지만 재학생 수는 줄어드는 추세였다. 그러니 두 학교를 통폐합하고 남는 부지를 주차장 따위로 활용하자는 계획이 추진되기도 했다. 재학생, 학부모, 졸업생의 반대와 호소로 통폐합을 모면하긴 했지만 주차장과 공중화장실, 관광 편의시설을 북촌 어딘가에 추가해야 하는 지자체의 고민은 여전히 숙제로 남았다.

2013년 종로구는 북촌의 관광객용 대형 화장실 건설, 원활한 차량소통을 위한 화동고개 평탄화, 재동초 지하주차장 건설 사업 등을 추진하려 했고, 주민들은 사람이 사는 북촌을 유지하며 수용 가능한 한도 내에서만 개발할 것을 요구하며 반발했다. 북촌 개발 논란 끝에 화동고개는 그대로 보존하고, 벽을 허물어 정독도서관과 서울교육박물관과의 접근성을 높이게 되었다. 지금처럼 화동고개에 관광안내소가 생기고 계단으로 이어지는 입구가 생기고, 위로 연결되는 엘리베이터와 서울교육박물관 앞에 공중화장실을 짓게 된 것이다.

재미있는 것은 화동고개이자 북촌로 5길에 접해 있는 보이차 전문점 '월하보이' 건물은 예전 정독도서관의 축대에 기대 그대로 지은 곳으로 가게 안에 들어서면 안쪽에서 축대 외벽을 바로 볼 수 있다. 마치 동굴 안에 있는 느낌도 주는, 옛 축대가 안쪽 벽면이 된 공간이다.

★ 삼청공원 숲속도서관 ★

풍년쌀농산 길모퉁이에서 북촌로 5나길을 따라 계속 올라가면 우뚝 솟은 코리아 목욕탕의 빨간 벽돌 굴뚝이 보이는 지점부터 인왕산과 북악산을 배경으로 삼청동 풍경을 감상할 수 있다. 길을 계속 올라 북한대학원대학교와 베트남대사관 사이로 나오면 삼청공원에 도착한다. 가끔 말바위에 오를 땐 삼청동 토박이인 전인권 아저씨와 마주치기도 했다. 너무 익숙한 동네 뒷산이라 그런지 삼청동 거리를 걷다 올라온 것처럼 재킷을 걸친 평소 차림으로.

삼청공원을 처음 방문했을 때부터 공원 초입에 오래된 매점이 하나 운영 중이었다. 이 매점을 종로구청이 '작은도서관' 사업으로 변모시켜 2013년 10월에 삼청공원 숲속도서관이 개관했다. 주거지역보다 상업공간이 많아진 동네에서 아이들과 주민들이 함께할 만한 장소가 부족하다는 문제의식에 재동초등학교 학부형들을 중심으로 공감대가 형성된 것이 도서관 건립의 시작이었다. 2013년 6월 공동체의식을 되살리기 위해 설립된 단체인 북촌인심협동조합이 종로구와 함께 이 숲속도서관을 만들었다. 생태도서관을 콘셉트로 건축해 숲속의 작은 나무집처럼 소박하고 자연스러운 모습으로, 내부의 책 읽는 공간은 신발을 벗고 창가에 앉거나 마루에 편하게 누워서 책을 볼 수도 있는 따뜻한 분위기다.

협동조합이 위탁운영을 하며 도서관은 지역주민들이 일하고 봉사하는 일터이자 교육과 커뮤니티의 중심이 되었다. 공원 놀이터에서 놀던 아이들과 부모님이 들러 카페에서 쉬기도 하고, 인근 학교인 재동초가 미술영재 거점 학교였을 때 전시회를 숲속도서관에서 열었고, 중앙중학교 학부모 독서동아리의 모임을 진행하기도 한다.

도서관 내 카페를 열기 위해 북촌의 카페 사장님이 준비과정을 도왔고 여러 공방에서 다양한 공예 프로그램을 재능기부로 진행하기도 했다. 자립형 마을공동체로 사업 승인을 받아 종로구 지원으로 끌어가는 곳으로 전업주부들은 평일에, 일이 있는 부모들은 주로 주말에 교대로 돌아가며 애정을 담아 도서관과 카페 일을 맡아 했다. 아이를 키우고 자기 일을 하면서 처음 해 보는 이런 운영 사업이 쉽지 않을 텐데, 힘들어도 보람을 느끼며 도서관 일을 하는 분들을 곁에서 보며 정말 대단하다고 느꼈다. 동네 부모들의 마음으로 꾸려 가는 숲속도서관이다.

울창한 숲 사이 작은 나무집처럼 자연스런 삼청공원 숲속도서관.
지하 공간도 앞쪽으로 트여 있어서 큰 창으로 숲 풍경을 즐기며 책을 볼 수 있다.

종친부 방향에서 바라본 현대미술관.
아이들은 가운데 잔디 둔덕만 보면 뛰고 싶은 생각이 드나 보다.

★ 현대미술관 서울관 ★

2013년 11월 국립현대미술관 서울관이 삼청동 국군서울병원과 국군기무사령부 터에 문을 열었다. 신군부 시절 테니스장을 짓느라 정독도서관 부지에 옮겨졌던 조선왕조 종친부 건물도 이때 원래 자리로 옮겨 복원되었다. 서울관을 개관하며 그 터의 기록들과 미술관 건립 과정들을 모두 세세히 전시했었다.

소격동 집은 뒤쪽 골목으로 나가 길 하나만 건너면 현대미술관과 이어져서 서울관 개막전부터 시작해 교육프로그램을 듣거나 전시를 보러 자주 들렀다. 아이들은 서울관 개관 기념 첫 프로젝트 작가였던 서도호의 집 속의 집 전시를 본 것이나 실외에 전시된 젊은 작가들의 참여형 설치작품에서 놀았던 기억을 할까. 산책 삼아 나서서 미술관 잔디 마당에서 뛰고 구른 시간들도 꽤 많았다.

이사 후 초기에 현대미술관 서울관이 가까이 생겨서 너무 좋았던 나는 홈페이지를 둘러보며 탐색하다가 여러 직무에 종사하는 현대미술에 관심있는 이들을 대상으로 하는 전문 프로그램 개강 소식을 발견했다. 미술관장과 학예사들이 주관하며 여러 강사들을 주제별로 초빙하거나 탐방하는 커리큘럼이었다. 평범한 직장인이지만 대학 때 현대미술관 과천관으로 드로잉 수업을 들으러 다녔던 미술을 사랑하는 열정만으로 용감하게 신청했다.

수강생들은 예술계 종사자, 디자이너, 건축가, 전문 경영인, 컬렉터, 회사원 등 다양한 분야의 다양한 연령층이었다. 예술이라는 테마 하나로 모여 현대미술 강의를 듣는 것은 물론 작가 아뜰리에 방문, 중국 고미술 테마 여행, 아트페어 참관 등 수업 내용이 다양했다. 미술을 즐기고 작품을 이해하는 시야를 넓히는 좋은 기회여서 여유가 없고 바쁜 와중에도 최대한 참여해 보려고 노력했다. 개인적으로 마냥 즐기기에는 벅찼던 시간이었지만 지나고 나니 그때 아니었으면 접하기 힘들었겠구나 하는 소중한 경험이었다.

미술관이 소격동에 들어선 후 자연스럽게 이곳엔 미술과 예술을 사랑하는 관람객이란 큰 흐름이 생겼고, 전시에 따라 눈에 띌 정도로 동네 방문객이 늘기도 했다.

코로나19 팬데믹에서 조금씩 벗어나고 2022년 8월부터 진행했던 MMCA 이건희컬렉션 전시와 청와대 개방이 맞물린 시기에 일대 가게들은 밀려드는 방문객에 오랜만에 아주 정신없이 바빴다고 한다.

★ 감고당길 ★

안국동 사거리에서 지금은 서울공예박물관이 된 옛 풍문여고길을 들어서면 감고당길이라 부르는 예쁜 길이 정독도서관까지 이어진다. 여중 여고가 모여 있는 곳이니 수업 끝난 여학생들의 까르르 웃음소리가 길에 흘러 넘치기도 하고, 밤늦게 야자 끝나는 여자친구를 기다리는 남학생들의 무리를 보기도 했다.

녹음이 짙은 계절에는 풍문여고를 지나 덕성여고와 중학교가 마주보는 곳에 다다르면, 푸른 나무 그늘이 터널이 되어 순간 청량함과 싱그러움에 누구나 위를 바라보며 감탄을 하게 된다. 푸르른 감고당길은 서울에서 걷기에 가장 아름다운 길 중 하나라고 생각한다. 감고당길 공예마켓이 열리기도 하고 이 길에서 버스킹하는 사람들이 꾸준히 많아졌다. 가끔 버스킹하는 연주자 중에 좋아하는 분이 나와 있으면 한참을 앞에 앉아 어둑하고 평화로운 길에 울려 퍼지는 음악을 행복하게 감상하곤 했다.

2017년 풍문여고가 안국동에서 강남구 자곡동으로 이전하고 남녀공학으로 바뀌어 풍문고등학교가 되었다. 70년간 그 자리에 있던 학교가 옮겨간다니 서운했지만, 학교 건물은 리모델링되어 최초의 공립 공예박물관으로 변신했다.

2022년엔 거의 110년 동안 출입이 불허되었고 오랜기간 높은 담장으로 가려져 있던 송현동 터가 담을 허물고 개방되어서 안국동 사거리에서 바라보는 풍경이 완전히 달라졌다. 송현열린녹지광장이라는 이름으로 개방된 이곳은 1910년 일제강점기에는 조선식산은행 직원 숙소였고 이후 미대사관 직원 숙소로 쓰이다가, 1997년 이후 삼성생명에, 2002년에 대한항공에 매각된 바 있다.

감고당길 나무 터널.
싱그럽고 반짝이는 계절에 더 아름답다. 버스킹 연주가 울려 퍼지면 운치가 더해진다.

인사동길에 서서 사람들은 '아, 그 담이 없으면 이런 모습을 볼 수 있었구나.' 놀라는데, 북악산까지 시야가 탁 트인 송현동 녹지광장은 2년간 개방 후 이건희 기증 미술관으로 변모될 예정이다. 이렇게 그저 트인 녹지 공간으로 그냥 두어도 좋지 않을까 생각이 드는 자리다.

★ 광화문 광장 ★

광화문 광장까지 산책 삼아 걸으며 때때로 펼쳐지는 행사도 구경하고 교보문고도 둘러보고 오거나, 여름날에 광장 분수가 운영을 하면 아이들은 쫄딱 젖어 놀고 대충 갈아입거나 돌아오면서 옷을 입은 채로 말리기도 했다. 이렇게 평화로울 때도 있지만, 집회와 시위의 대표 공간으로 가끔은 퇴근길에 광화문으로 버스가 운행하지 않아 돌아오거나 걸어온 적도 있다.

2022년 대통령 집무실을 용산으로 이전하기 전까지 소격동은 북촌에서도 광화문, 청와대, 총리공관 등과 가까운 편이라 평소에도 사복경찰들이 보였고, 집회가 있거나 시위가 있으면 수많은 전경과 경찰버스 여러 대가 이곳으로 집결했다. 광화문에서 촛불집회를 하거나 밤까지 행사를 하는 경우 집에서도 소리가 들리는 것은 물론 옥상에서는 불빛도 그대로 보였다. 광화문과 아주 가까운 경복궁동십자각 근처 4층에 사는 가족은 커튼을 쳐도 눈이 부셔서 힘들 때가 많다고 고충을 토로하기도 했다.

2014년 4월 세월호 참사 이후 광화문 일대는 시위와 천막으로 뒤덮였다. 주말 오전 삼청공원을 향하다가 인왕산과 삼청동 풍경 앞에서 멈췄는데 바로 밑 총리공관 앞과 청와대로 가는 길목을 전경차 넉 대가 차벽을 만들어 둘러싸고 있었다. 그해 6월까지는 밤 늦은 시간에도 집회에 참여한 시민들의 시위가 연일 이어졌고, 종로경찰서장이 해산하라고 반복하는 확성기 소리가 동네까지 울려 퍼졌다. 참담하고 슬픈 날들이었다. 청운효자동이 시위대에 둘러싸였다. 주민들은 집회 시위의 장이 아닌 동네에서 예전처럼 조용히 살고 싶다고 침묵시위를 하기도 했다.

높은 담장을 없애고 북악산까지 막힘없는 뷰를 선사하는 광장.
잔디밭 위에 앉아서 얘기를 나누거나 녹지를 산책하는 사람들은
다른 특별한 무엇이 없어도 행복한 시간을 보낸다.

감고당길 버스킹 멤버로는 처음 본 브라스밴드.
뮤지션들의 즉흥 연주가 너무 수준급이라 한참을 감상했다.

☆ 드디어, 원서동 우리집 ☆

거실 공사 중 새시 교체를 위해 오래된 창틀을 떼어 냈다.
확 트인 시야로 창덕궁 후원의 숲이 더 선명하고 가깝게 보였다.

북촌에서 산 지 4년 차가 되었을 때 이곳에서 아이들이 고등학교까지 다녀도 괜찮겠다는 생각이 들었다. 그렇다면 갑작스러운 이사를 맞닥뜨리지 않게 우리집을 마련해야겠다, 하고 본격적으로 결심한 이후 2년 정도 오래 시간을 두고 집을 찾았다.

아파트처럼 구조와 조건이 비슷비슷한 집들을 찾을 수 있는 곳은 아니어서 우리에게 맞는 집, 내가 설정한 조건에 부합하는 집을 탐색하는 데 시간과 품이 많이 든다. 늘 매물이 올라오는 대로 주시하고 있었고, 여러 번 구석구석 동네를 누비며 많은 집들을 봤다. 동네 분들에게도 어디에 어떤 집이 나왔단다 정보를 듣기도 했지만, 꽤 긴 시간 성과가 없어서 '에이 이럴 바엔 다른 곳의 아파트를 봐야 하나.' 싶은 생각이 들 때도 있었다. 주말 아침마다 아이들과 남편이 잠들어 있을 때 일찍 나서서 몇 군데씩 약속을 잡은 부동산과 집을 구경하고, 확신을 가지지 못한 채 북촌 하늘 아래 우리집이 될 매물은 정녕 없는 건지 실망하고 허탈하게 돌아왔다.

매물이 많은 부동산부터 몇십 년 터줏대감 같은 부동산까지 다양하게 접하며 어느 늦은 저녁 우연히 들른 신영부동산에서는 북촌 지역별 조선시대부터의 생활사와 위치별 특징 등을 두 시간짜리 강의처럼 듣기도 했다. 1968년 개업하여 2대째 같은 자리에서 운영하고 있어 서울미래유산으로도 지정된 부동산의 토박이 사장님 덕에 북촌의 역사를 상세히 재미있게 들을 수 있었다. 대감집과 마나님들이 살던 가회동 윗동네의 내력, 궁의 일을 맡아 하는 하급 관리나 나이 든 궁녀가 나와 살던 곳은 어디인지, 지금은 복개되었지만 옛날에는 빨래터로부터 흘러 내려온 물길에 원서동 길은 항상 질었다는 얘기를 생생하게 전해 주셨다.

예전 딸아이 친구 집이어서 가 본 적 있는 빌라 건물에 매물이 나왔다는 소식을 듣고는 곧바로 부동산으로 찾아갔다. 여러 집들을 알아보는 동안 ‘그 정도 집이라면 적당히 좋을 텐데.’ 싶었던 빌라의 다른 층이었다. 그 집 안으로 들어섰는데, 집을 팔아야 하는 현재의 상황이며 휴일에 집을 보러 오는 우리까지, 모든 게 못마땅한 주인아저씨가 난닝구 바람으로 거실 한복판에 길게 누워 계셨다.

원서동 우리집 창밖, 가을 단풍이 절정인 창덕궁.
두 은행나무가 황금빛으로 완전히 물들면 그 사이에 있는 책고에 간다.

들어서기 어려워 머뭇거리자 아주머니가 그냥 그러려니 하고 둘러보라기에 누워 있는 아저씨를 실수로라도 잘못 밟을까 봐 조심조심 피해 가며 집 구경을 했다.

그 어이없는 상황을 압도한 건 오래된 나무색 새시 너머 보이는 창밖의 창덕궁 후원 숲 풍경이었다. 앞의 건물들이 가리는 것 없이 울창한 나무들도 멋지고 바로 앞의 의풍각, 옆의 규장각, 가장 높은 인정전의 고색창연한 모습이 한눈에 들어왔다. 거짓말… 이런 뷰라니. 아침에 눈 떠 매일 이 풍경을 볼 수 있다면 아무리 힘들어도 살 것 같지 않을까 싶은 탁 트인 치유의 풍경이었다. 물론 한옥 네 채를 허물고 빌라를 올려 지을 때부터, 즉 1998년부터 한 가족이 내내 살아온 집 내부는 손볼 것이 너무 많은 상태였지만 나는 그 풍경 하나로 게임이 끝났다고 생각했다.

오래전 이 빌라 1층에 사는 딸의 친구 집에 마실 간 적이 있다. 엄마들끼리 차를 마시면서 창밖을 보고 감탄하자, 그 집 엄마가 "우리집 정원이 바로 창덕궁이잖아요." 하셨던 기억이 다시 떠오르던 차였다. 몇 년간 사람들이 많이 지나는 북촌 관광지 쪽에 사는 동안 인파에 지치기도 하여 오래 살 집이라면 조용한 주택가가 좋겠다고 생각했다. 원서동은 주거용 빌라가 많은 지역이라 한옥의 정취나 전통적인 분위기를 원하는 관광객에게는 특별히 '볼 것'은 없는 곳이다.

1977년 최고고도지구 지정을 시작으로 북촌에 한옥 보전을 위한 규제가 시행되고, 1983년 북촌 전역을 제4종 미관지구로 지정하는 본격적인 한옥 보존 정책이 시작되었다. 한옥에 거주하는 주민들은 생활환경을 악화시킨다고 반발했고, 1991년 이후 북촌에 대한 각종 규제가 완화되면서 한옥 철거 후 다가구/다세대주택 건설이 확산되었다. 1994년에 경복궁 주변의 10미터 고도제한이 16미터로 변경되어 최대 5층까지 건축을 허용하면서, 한옥 철거 후 다세대주택을 건설하는 사업이 본격적으로 추진되었다. 아마 원서동 대부분의 한옥들이 그 당시 우후죽순으로 이 빌라처럼 재건축되는 변화를 겪었을 것이다.

하얗게 눈이 내린 창덕궁은 수묵화를 보는 듯.
한옥 기와지붕은 눈이 소복이 쌓여 있을 때 가장 특별해 보인다.

이후 빠른 추세로 한옥이 멸실되고, 북촌의 경관이나 분위기가 급속하게 변했다. 이에 북촌 고유의 지역 특성이 사라지는 것을 우려한 주민들이 1999년 서울시에 북촌 마을 현안 해결 및 보존 대책 수립을 요구하게 되었다. 주민 의견도 대립되었는데, 한옥 개보수에 대한 지원을 받아 한옥을 보전할 것을 원하는 쪽과 한옥 보전이 주민들의 사유재산권 침해라고 주장하는 쪽으로 양분되었다고 한다.

원서동 집은 원하는 구조에 주차가 되고 채광, 풍경 모두 좋고 아이들 학교나 안국역과도 가깝고 조용한 주택가의 조건을 갖추고 있었다. 운이 좋다고 생각할 수밖에 없어 빠르게 계약을 했다. 공간에 대해서 늘 머릿속으로 수백 번 그려 온 계획이 있었기에 인테리어 공사 제안서를 후딱 만들고, 20년 전 그대로인 빌라 내부를 고쳤다. 결정할 것이 수천 가지인 과정이 전혀 힘들지 않고 즐거웠다. 매일 퇴근 후 들러 오늘은 어디까지 공사가 진행되었나 보는 것이 기쁨이었다. 소격동 주인 할머님께 이사 가게 되었다고 인사를 드리자, 떠나는 것은 매우 서운하지만 집 장만해서 이사 간다니 잘되었다고 축하한다며 가서 더 잘 살라고 덕담을 해 주셨다. 그동안 넓고 매력적인 집에서 많은 것을 누리며 어린 아이들과 행복한 추억을 많이 쌓을 수 있었던 데에는 2층 할머님 같은 분을 만났던 행운이 분명 컸다.

공사가 마무리되고 드디어 이사하는 날, 단풍이 절정인 11월 둘째 주였다. 미신이지만 그래도 어른들의 말에 따라 이삿짐이 들어오기 전에 먼저, 아들의 친구 엄마인 셰프님이 고맙게도 재능을 낭비하며 직접 만들어 준 뜨거운 시루떡과 밥솥을 들고 집에 들어섰다. 현관으로 들어와 창밖에 펼쳐진 창덕궁 후원의 단풍 풍경을 보는 순간 역시 우리집의 가장 큰 보물은 저 풍경이라는 것을 다시 느꼈다. 불편한 점 열 가지라도 북촌에서 사는 이유로 이만한 풍경이면 충분하지.

이사 후 새로 주문한 침대가 오지 않아 가족 모두 거실에서 잔 날, 다 같이 누워서 두런두런 얘기하다가 잠들고, 아침에 눈을 떠서 피난 온 듯한 풍경에 웃음이 나면서도 마음이 편하고 기분이 좋았다. 어쨌든 이 동네에서 오래오래 살 수 있는 우리집에 정착했다는 안도감이 들었던 것이다.

첫눈에 반했던 동향 창밖의 풍경은 매일 사계절 시간별로 모두 다른 그림을 선사했고, 창 난간에 참새, 비둘기, 까치 등 다양한 새들이 잠시 앉았다 가기도 하고 (까마귀는 집 앞 전봇대 위에만 앉고 우리 창가 난간에는 절대 오지 않는다), 어느 날은 직박구리 일곱 마리가 우르르 날아와 앉더니 화분의 꽃을 죄다 뜯어먹고 나란히 앉아 한참을 놀다 갔다. 거실에 앉아 있는데 창밖에 날아든 새들을 바로 앞에서 자세히 구경하고 있으면 신비롭고 비현실적인 느낌이 든다. 아주 자연 친화적인 우리집 풍경.

어느 오후 직박구리 일곱 마리가
난간에 앉아 예쁘게 핀 대엽풍란 꽃을 사정없이 쪼아먹고 있었다.
배가 고팠는지 뜯어먹을 꽃이 없어지자 포르르 날아갔다.

☆ 창덕궁 ☆
옆 동네

★ 창덕궁 ★

북촌에 이사 온 첫해에는 겨울에도 창덕궁을 보러 갔고, 이후론 매년 봄과 가을에 창덕궁에 들르는 것 같다. 봄에는 곳곳의 매화, 벚꽃이 아름다운데 자시문 앞에 임진왜란 때 명나라에서 보내왔다는 만첩홍매가 유명하다. 봄의 연한 녹음에 싸이면 단청없는 낙선재도 화사해 보인다. 가을에는 책고 앞 두 그루의 은행나무를 만나고 금빛 그늘에 꼭 들어가 보는 것이 우리 가족들의 루틴이 되었다. 창덕궁을 보고 창경궁으로 넘어가 춘당지의 물에 비친 울긋불긋 단풍의 모습을 구경하고, 고궁의 가을을 만끽하며 관덕정 근처의 고양이들과 놀아 주다가 온다.

창덕궁의 전각 관람과 별도로 후원은 제한관람 지역이어서 시간 회차별로 해설사의 인솔하에 정해진 인원만 관람할 수 있다. 워낙 아름다운 풍경이라 이미 해설을 들은 분이나 사진을 찍으러 온 분들은 여유 있게 뒤를 따라오며 본인만의 시간을 갖기도 한다. 세조가 확장했다는 후원에서 해설사로부터 부용지에 얽힌 정조의 '뱃놀이 하다 유배 보내기' 에피소드를 재미있게 들었다. 정조는 정약용과 여러 신하들과 부용정에서 연회를 즐길 때, 신하를 배에 태워 시를 짓게 하는 놀이를 했다. 이때 제시간 안에 시를 지어 내지 못한 자가 있으면 연못 가운데 조그만 인공섬에 유배를 보냈다고 한다. 생부 사도세자의 비극적 죽음 이후 할아버지 영조에게 왕위를 물려받을 때까지 안위를 위협받으며 궁에서 외로웠을 정조에게 이런 장난스러움과 짓궂음이 있었다니 의외라는 생각과 함께 안도했다. 너무 젊은 나이에 돌아가신 외모도 출중하고 영특하고 재능 많았다는 효명세자가 아버지 순조를 위해 지은 연경당 건물도 자세히 둘러본다. 조선 임금들은 매년 봄과 가을에 창덕궁 후원에서 직접 모내기와 벼베기를 하며 백성의 마음을 헤아렸다고 하는데, 해설사님에 따르면 문화재청과 농업진흥청이 가을에 청의정 앞에서 옛 방식으로 추수 행사를 열어 쌀도 나눠 주고 전도 부쳐 함께 먹는다고 한다.

농업과 더불어 조선시대 나라의 큰 사업인 양잠을 위해 궁궐에 뽕나무도 많이 키웠다고 한다. 창덕궁에는 궁궐에서 자라는 뽕나무 중 가장 큰 나무인 천연기념물 471호 뽕나무가 있다. 비단 생산을 늘려야 해서 태종 때는 집집마다 뽕나무를 몇 그루씩 나누어 주고 강제로 심으라고도 했다 하고,

세종으로 내려오면서 누에치기를 더욱 독려해, 왕비가 직접 비단 짜는 시범을 보이기도 했다. 누에치기 전문기관인 잠실을 설치한 것도 이때였다. 당시 경복궁에 3,590그루, 창덕궁에 천 그루 정도가 있을 정도로 궁궐에도 뽕나무가 많았다.

인공적으로 조성한 정원이기는 하지만 후원에는 산세를 그대로 살린 구역들이 많다. 식물들도 다양하다. 부용지 입구의 아름드리 주목나무, 연경당 안채 뒤편 돌배나무, 존덕정 근처에는 갈참나무, 층층나무, 밤나무, 굴참나무, 두릅나무, 감나무, 승재정 옆에는 눈병을 고치는 약으로 쓰이고 목재가 단단하여 몽둥이나 곤장 만드는 데에 쓰인 물푸레나무가 있다.

창덕궁에는 생각지 못한 동물들이 제법 많이 사는 것 같다. 원서동 캣맘들이 고양이 밥을 챙겨 주면 밤에 창덕궁 너구리 가족이 나와서 실컷 먹고 가기도 한다는 목격담을 들었고, 가끔 집에서 창문을 열어 두고 있으면 창덕궁 후원에서 딱따구리가 나무를 쪼는 소리가 반복적으로 들려올 때도 있다.

올겨울에는 후원 숲의 키 큰 나무에 수십 마리의 까마귀들이 멀리서부터 날아와 모이는 것을 여러 차례 봤는데, 까악까악 울어대는 까마귀들이 어떤 연유로 그 나무에 모였다가 흩어지는지 히치콕의 영화 〈새〉가 생각날 정도로 신비로웠다.

2010년 시작한 달빛기행을 포함해 여러 기획 행사들로 창덕궁을 찾는 사람들은 더욱 많아졌다. 매일 오전마다 궁을 걷는 동네 어르신들도 많은데, 경사지지 않은 평지에서 산책을 할 수 있고 경치도 좋은 궁이니 최고의 코스라고 생각한다.

창덕궁을 매일 바라보며 사는 우리 가족에게 창덕궁의 풍경뿐 아니라 관람 시간에 맞춰 울리는 안내 멜로디의 영향도 크다. 아무 때고 가끔 흥얼거릴 때가 있어서 "아, 이거 창덕궁 방송 멜로디잖아!" 하고 서로 놀라기도 했다.

창덕궁 후원의 부용지, 규장각을 품은 주합루, 보물로 지정된 부용정.
우측에 영화당이 있는데 앞쪽 마당인 춘당대는 과거시험 초시에 합격한 응시자들이
왕이 입회한 최종 시험을 치는 장소였다.

★ 원서동 ★

원서동 일대는 마을버스 정류장 이름들이 볼링장, 세탁소, 빨래터·고희동미술관, 원서고개 식으로 정겹다. 창덕궁과 원서공원 사이 창덕궁길로 들어서 담장을 따라 북쪽으로 걷다 보면 빨래터·고희동미술관을 지나 창덕궁 외삼문과 전통 빨래터가 나온다. 동네 산책을 하다 보면 종종 이곳까지 오게 되는데, 여름날 시원한 물소리가 들리는 빨래터에서 맑은 물 구경을 하기도 하고 겨울에는 빨래터 앞 공터에서 눈싸움을 하거나 눈사람을 만들어서 난간에 올려 두기도 한다.

궁내의 풍부한 수원으로 궁궐 담장 밖으로 흐르는 물은 사시사철 마르지 않았다고 하는데, 궁궐의 궁인뿐 아니라 일반 백성들도 다 함께 이용할 수 있는 이 빨래터는 조선시대부터 오래되고 이름난 빨래터 중 하나였다고 한다. 궁녀들이 빨래했다는 빨래터에서 외삼문 쪽으로 언덕을 더 오르면 상궁이 살던 집터였던 곳에 1910년에 지어진 원서동 백홍범 가옥이 있다. 문화재로 지정될 당시의 소유자 이름을 딴 것인데, 한국 소형 가옥의 전형적인 요소를 비교적 잘 갖춘 집이라고 한다. 이 집엔 바깥세상에 호기심 가득한 큰 개가 사는 것 같았는데, 가끔 산책 갈 때 이 커다란 대문 밑으로 집 안의 개가 코를 내밀기도 하고, 멀리서 이 집을 올려다보면 해질 무렵 담에 올라서 밖을 내다보는 개의 실루엣이 보이기도 했다.

조선왕조 마지막 주방상궁인 한희순에게 궁중음식을 전수받은 황혜성 선생의 장녀 한복려 씨가 운영하는 궁중음식연구원도 이 길에 있고, 여러 전통 공방들이 창덕궁 바로 곁에 많은데 아마도 궁에서 필요한 물건들을 바로바로 공수하기 좋도록 모여 있었던 게 아닐까 싶다.

오래전 전통 공방들이 모여 있던 원서동에는 이제 디자이너 브랜드나 편집숍으로 자리를 잡은 곳들이 많다. 돌담을 따라 쿠에른, 피브레노(재동초교 앞으로 이전), 편집샵인 디자인잡화점 54, 메종드이네스 등을 구경할 수 있다. 예전에 수제화 베니수아 브랜드를 운영하던 부부는 편집숍 페얼스를 열며 원서동에 활기를 주었는데, 이후 후루타 브랜드까지 만들고 후암동으로 이사 갔다니 꽤 아쉽다.

동네커피는 2009년부터 원서동의 등대와 같은 존재로 한자리를 지켜온 카페다. 야무진 카페 주인장 진영 씨가 깔끔하고 정갈한 손길로 운영하는 이곳은 언제나 따뜻한 분위기로 동네 주민이 편하게 들를 수 있는 동네 카페다. 아티스트들이 작업하기 좋은 공간으로 손꼽는 곳이기도 하다. 메뉴 하나하나 직접 만들고, 제로웨이스트숍을 지향하며 물티슈 대신 물 적신 소창 손수건을 준비하고 화장실 핸드타월도 일일이 빨아서 말리고 접는 수고를 마다하지 않는다. 나는 종이 슬리브를 대신하는 이곳 천 슬리브의 까슬한 느낌이 언제나 참 좋았다. 봉준호 감독도 한때 동네커피에서 자주 시나리오 작업을 했다. 〈설국열차〉 개봉 후 어느 날 봉 감독과 배우 틸다 스윈튼이 원서동에 들러 동네커피를 찾았지만, 진영 씨는 하필 개업 이후 처음으로 여름 휴가를 떠난 날이라 거제도에서 억울해할 수밖에 없었다고. 카페 안 벽면이나 공간에 전시를 원하는 작가들 작품을 바꿔 가며 소개할 때도 있었고, 인근 도예작가들의 바자회나 전시에도 공간을 내준다.

진영 씨는 평소 원서동 길고양이들을 위한 깨끗한 물과 사료를 항상 매장 앞에 챙겨 둔다. 반려견들과 함께 이곳을 찾는 단골들도 많다. 동물을 사랑하는 주인장을 알아보는지 아픈 새끼 동물이나 사고당한 길고양이들은 꼭 진영 씨 눈앞에서 발견되었다. 2017년에 원서동에 갑자기 나타난 개 한 마리는 유기견 같지 않은 깨끗한 모습으로 사람 손길에 발랑발랑 누울 정도로 순했는데 찻길에 둘 수 없어 일단 진영 씨 언니가 임시보호를 했었다. 며칠을 기다려도 주인이 나타나지 않아, 눈이 선한 개는 웅이라는 이름으로 불리며 그대로 동네커피 가족이 되었다.

지금은 동네커피 마스코트처럼 온 동네에서 산책하는 웅이. 하늘에서 원서동으로 뚝 떨어진 듯 천사 같은 웅이의 출현은 아직 풀지 못한 미스터리다. 공간은 그곳에서 살아가는 사람, 그 공간을 운영하는 사람의 가치관, 취향, 신념과 라이프스타일로 채워지기 마련이다. 동네커피가 정성껏 내어 주는 메뉴는 물론, 작은 것 하나까지 손닿아 있는 주인장의 디테일과 이곳을 이끌어 가는 모습을 보고 있자면 괴테가 세상을 떠나기 2년 전 81세에 썼다는 구절이 떠오른다.

'사랑이 살린다.'

지금도 여전히 모든 생명을 사랑하고 살리며 뜻있는 분들과 연대하는 진한 시스터후드가 동네커피를 단단하게 감싸안고 있다.

동네커피 맞은편에는 원서 노인정이 있고 그 왼편엔 마을버스 정류장과 작은 공터가 있다. 아이들이 모여 놀기도 하는 이 공터 옆으로 눈에 잘 띄지 않는 창덕궁 요금문이 있다. 주로 궁녀들이 출입했고, 궁궐의 환자를 내보낼 때 내시나 궁녀가 병들거나 늙어 퇴궐할 때 이용했다는 요금문은 지금도 그 앞이 잘 관리되지 않아 주목받지 못하지만, 갑신정변 때 고종이 경우궁으로 갈 때 이용했다고 하고 몇몇 중요한 기록에 등장한다. 또한 조선 중기 선조 때의 천인 출신이지만 사대부가 사랑하고 부안 명기 이매창의 연인이었던 시인 유희경이 요금문 밖에 오두막집을 짓고 살았다고 전해진다. 그 뜰이 창덕궁 담장 안으로 편입되어(효종 때 궁궐 확장 공사가 있었다) 지금 창덕궁 규장각 뒤뜰에 있는 전나무를 유희경이 심었다고 한다. 그는 자기 집 뒤의 시냇가에 돌을 쌓아 대를 만들어 '침류대'라고 이름 짓고 문인들과 주고받은 시를 모아《침류대시첩》을 만들었다고 한다. 분명 오두막집이라고 했는데 옛집의 터란 얼마나 넓은 것이었을까… 싶다.

동네커피를 지나 빨래터 방향으로 걷다 보면 오른편에 창덕궁 담과 붙어 있는 집들이 꽤 있다. 처음 원서동의 이 집들을 봤을 때는 어떻게 궁궐 담과 완전히 붙어 있도록 집을 지을 수 있었을까 궁금했는데, 6.25 이후 허물어진 궁궐 담을 넘어 후원의 나무를 가지고 담에 기대 그대로 지은 집들로부터 시작되었다고 한다. 1959년경 원서동 사진을 보면 기와집과 판잣집이 섞여 있다. 광복과 한국전쟁을 겪으며 살던 터에서 밀려나거나 고향을 떠나온 사람들이 원서동 구릉지에 무허가 판잣집을 만들어 살았던 것이다. 부동산 사장님들 중에는 지금도 '77로'라는 표현을 쓰시는 분들이 있는데, 그 옛날 이 원서동 77번지 일대에는 화장실도 없는 판잣집이 늘어나 골목도 매우 좁았다고 한다. 현재의 경로당 인근에 공중 수도와 화장실이 있어 77로 사람들이 아침마다 줄을 섰다고 한다.

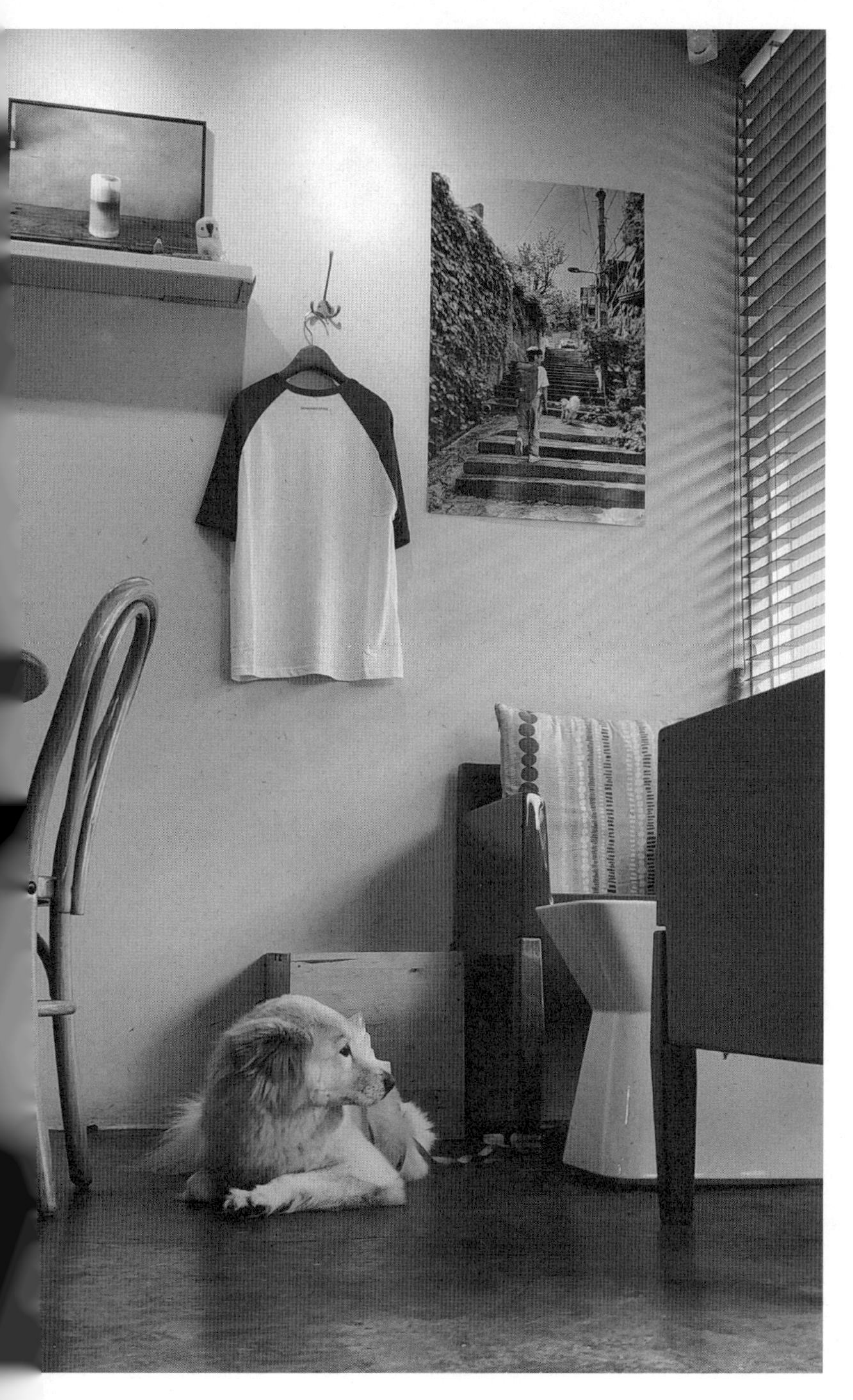

웅이가 있는 동네커피.
(사진 제공: 동네커피)

창경궁 관덕정 주위에는 고양이가 많다.
고양이들은 풀숲 여기저기서 평화롭게 낮잠을 자고 있거나,
정자 한가운데 올라가 보란 듯이 식빵을 굽고 있다.

☆ 북촌의 도자기 선생님 ☆

★ 공감도 김명례 도예가 ★

지금은 원서공원을 지나 창덕궁길 초입, 용수산 맞은편에 자리한 도자기 공방이자 쇼룸인 공감도. 원래는 현재의 원서동 제로룸152(창덕궁길 100) 자리가 공감도의 옛 공간이었다. 오래전 공감도 쇼룸를 알게 된 후 이곳에서 도예를 배우고 싶다는 생각이 들었지만 시간을 내기가 쉽지 않았다. 두 아이를 키우며 처음이자 마지막으로 1년 육아휴직을 냈을 때 가장 먼저 도자기 클래스 등록을 떠올릴 만큼 해 보고 싶었다.

공방에서 배우고 만드는 동안 흙의 물성과 도예의 깊은 매력에 빠지고, 김명례 선생님에 대해서도 많이 알게 되었다. 선생님은 공예미술학 도자 전공으로 석사과정 때 지도교수였던 김익영 선생님께 도예를 배우고, 늦은 나이에 다시 로드아일랜드 디자인 대학교로 세라믹을 배우러 유학을 떠났다. 학비가 비싸 지원받을 수 있는 프로그램이나 아르바이트를 병행했음에도 1년 과정이 끝났을 때 다음 학기 학비를 벌러 한국에 들어와 인테리어 작업으로 돈을 모아서 다시 미국으로 돌아가 학업을 마쳐야 했다.

힘들고 어려운 유학생활에서 작업의 원천이나 작품의 동기가 무엇일까 찾지 못하던 어느 날 담당 교수의 "너에게 편한 한국어로 그냥 너의 이야기를 써 봐." 하는 조언에 막연하게 책상 앞에 앉았다. 김명례 선생님은 자신의 이야기를 써 내려가면서 오래전 셋째 언니를 향하던 자신의 마음이 바로 예술의 불씨였다는 것을 깨닫고 하염없이 눈물을 흘렸다고 한다.

선생님의 셋째 언니는 병상에 누워 40년을 투병하다가 몇 년 전 하늘나라로 가셨는데, 내가 도예를 배우는 동안에도 선생님은 수녀님들이 운영하는 요양원에 언니를 만나러 가는 요일에는 항상 일정을 비워 두셨다.

어릴 적 선생님이 아홉 살 때, 열두 살이던 셋째 언니가 뇌염에 걸려서 고열에 시달리다 병원에 입원했다. 가장 많은 시간을 함께 보내고 학교를 같이 오가던 언니가 갑자기 곁에서 없어진 후, 혼자 학교에 가는 겨울날이었다. 길 반대편 저 멀리 잿빛 들판에 빨간 꽃 한송이가 홀로 피어 있는 모습이 보였다. 학교는 가야 하는데 그 빨간 꽃에 자꾸만 마음이 가서, 학교 가는 길과 반대로 빈 밭을 돌아 꽃이 있는 곳으로 한참 걸어갔단다.

가까이 가서 막상 살펴보니 그것은 꽃이 아니라 나뭇가지 위에 누군가 묶어 놓은 빨간 라면포장지였다. 꽃의 실체를 보고 실망했지만 왠지 그날은 학교를 가지 않고 동네를 돌아다니다 도시락을 먹고 집으로 돌아왔다고 한다.

미국 유학 중에 작업의 기원을 찾아 자신의 얘기를 글로 쓰던 선생님은 그 순간에서야 그날 혼자서 맴돌던 어린 자신의 마음을 뒤늦게 깨달았다. 아홉 살의 그녀는 병원에 있는 언니에게 그저 빨간 꽃 한송이를 가져다주고 싶었던 것이다. 겨울날 들판에 핀 환영 같은 빨간 꽃에 걸었던 그리움과 외로움. 너무 사랑했던 언니는 완전히 다른 모습이 되어 집으로 돌아왔다. 가족들은 누워만 있는 언니를 극진히 간호하고 보살펴서 의사가 예상한 것보다 훨씬 오랜 기간 함께했다.

선생님은 시들고 버려지고 초라하고 흉하고 사그라든 자연의 모습이 주는 여운이나 치유에 대한 작업을 많이 했다. 에세이를 쓰며 작업의 기원을 깨닫고 난 후, 존재란 그 자체로도 의미 있고 아름다운 것임을 사랑하는 시선으로 표현한 자신의 작품이 그제서야 선명해지는 듯했다고 한다. 졸업 작품으로 셋째 언니의 세례명을 따 〈A Garden for Cecilia〉라는 대작을 작업했는데, 그 작품 앞에서 노인 관람객들이 특히나 오래도록 머물고 감탄하며 좋아하셨다고 한다.

미국에서 돌아온 선생님은 옛 지도교수였던 김익영 선생의 창덕궁 작업실에 인사차 들렀다. 현대도자의 대모이자 1935년생으로 여전히 왕성한 작품활동을 보여주고 계신 은사의 '토전 김익영 도자예술'은 오래전부터 창덕궁길 바로 초입에 위치하고 있다. 작업실을 나온 그는 그날따라 웬일인지 안국역 쪽으로 나가는 대신 돌담을 따라 창덕궁길을 걷고 싶어져 반대 방향으로 걸었다고 한다. 용수산을 지나 어느 순간 펼쳐진 담 너머 후원의 나무들과 탁 트인 동네 전경이 참 평화로웠다. 심신이 지치고 고단했던 시기였는데 원서동의 고즈넉한 분위기에 마음이 한순간에 풀리며 푸근해졌다.

걷다 보니 눈앞에 〈하울의 움직이는 성〉처럼 위태롭게 서 있는 건물이 보이는데 1층 창에 임대라고 적혀 있었다. 구경 삼아 문의를 하니 주인 할아버지가 대뜸 공간을 보여줬고 귀곡산장 같은 내부 구조와 상태를 보며 수리비가 만만찮게 들겠군 생각했다. 그냥 들러 본 것이기에 별생각이 없었는데 돌아서려는 선생님에게 할아버지는 여기 금방 다른 사람에게 나갈 수 있으니 얼마라도 계약금을 내고 가라고 성화였고, 돈이 없다며 지갑을 열어 3만 원밖에 없는 것을 보여주니 그거라도 내고 가라고 했다는데. 또 그걸 내고 온 본인은 무슨 생각이었는지 그렇게 코가 꿰이고 인연이 되어 2009년 원서동에 작업실을 얻게 되었다.

공감도에는 선생님의 작품 외에도 다양한 작가들의 개성 있는 작품들이 전시되어 있다. 신진 작가나 본인 판로가 없는 도예가들에게 공감도는 기댈 수 있는 채널이 되어 주었다. 선생님은 항상 정성스럽게 다른 작가들의 작품도 소개해 주면서 후배들이, 재능 있는 작가들이 더 꽃피우길 신경 썼다.

최근 코로나 시국이었을 때도 힘들었지만 메르스 때도 관광객 발길이 뜸했고, 해외에서 자주 찾아 주던 후원 고객들도 만날 수 없게 되면서 공감도 또한 큰 어려움을 겪을 수밖에 없었다. 항상 월세 걱정에 동동거리며 작품 외에도 판매될 만한 생활자기 작업을 손놓지 않는 시간이 오래 지속되어야 했다. 일일이 수작업으로 만드는 과정은 수천 번 손이 가고 몸을 쓰며 오롯이 시간을 들여야 하는 일로, 작품을 만드는 것과 노동의 차이를 거의 구분하기 어렵다. 그럼에도 고객 입장에서는 이런 공정을 거친 작가의 작품과 대량 생산되어 가격이 저렴한 도자기 상품을 비교해 구매하기 마련이다. 그러니 도예 작품은 작품성과 노력의 대가를 인정해 주는 이들의 선택을 기다릴 수밖에 없다.

관광객이 끊기고 북촌 방문이 줄면서 공감도는 도자기 판매로만 공간을 유지하기가 쉽지 않았다. 도예 클래스를 운영하고 있던 선생님께 나는 어린이 수업을 해 보면 어떻겠냐고 제안했다. 딸과 아들의 친구들로 팀을 짜 올 테니 수업을 해 달라고 해 어린이 도예 클래스가 처음으로 만들어졌다. 초등학교 5학년인 딸의 클래스는 그나마 안정적이었던 데 반해 아들의 반은 여섯 명의 일곱 살 어린이들을 혼자서 가르치는 고행의 수업이었다. 어수선한 분위기에 가르치기도 바쁜데 아이들이 집중이 안 되면 어쩔 줄 모르겠고, 어느 날은 제멋대로인 아이들끼리 싸움까지 나며 너무나 힘들어서 아이들 앞에서 그만 눈물을 보였다고 한다. 아이들은 놀라서 "야, 너 때문에 선생님 울잖아. 선생님 괜찮아요?" 하면서 미안해했다. 그러던 아이들도 점차 수업하는 게 나아지면서 도자기 수업이 즐거운 추억이 되었고, 그때 이후로 중학생이 된 지금까지 계속 도예를 하고 있는 친구들도 있어서 가끔 클레이메이트들의 전시회에도 참여한다.

아이들 도자기 수업은 좀 더 활성화되며 이어졌고, 더불어 공감도도 성장하며 안정을 찾던 2018년 어느 날, 선생님은 '제로룸' 프로젝트를 하겠다고 선언했다. 제로룸은 열한 명의 신진 공예가들이 자신의 작품을 소개하며 대중과 소통하고, 다양한 시도와 기획을 하면서 트레이닝하고 성장하는 플랫폼이다. 편집숍에서 작품을 판매하고 제로룸이 선정한 공예가의 전시를 여니, 신인 작가들에게는 매우 좋은 기회가 아닐 수 없다. 어느 정도 경지에 올라서 유명해졌고 작품이 잘 팔리는 작가들은 제로룸을 떠나 충분히 독립할 수 있지만 의리 때문에 계속 함께하고자 하는 분들도 있다. 제로룸 작가들은 월 운영비를 조금씩 걷어 함께 운영해 나가고 판매도 하지만 코로나 때는 이 또한 어려워서 선생님이 메꿀 때도 많았고, 심지어 재료비가 없는 작가도 있어서 선생님이 후원처를 찾아 나서기도 했다. 어쨌든 고맙게도 힘든 시기를 열한 명이 함께 버텨 주었다.

정지숙 작가 등 유명 공예가를 배출한 제로룸152는 벌써 5년이 되었다. 항상 더 가치 있고 의미 있는 일을 찾고, 본인이 힘들어도 다른 이들을 먼저 생각하며 사는 선생님이 가끔은 도예하는 수녀님처럼 느껴질 때도 있다. 지금은 그를 따라 곁에 있고 싶다며 근처에 작업실이나 갤러리를 얻은 친구와 후배 작가들이 있다. 도예가지만 그동안 다른 자영업자들과 마찬가지로 생업을 위한 작업을 하는 날이 많았음을 나는 잘 안다.
그런 세월이 오래되어, 이제 선생님의 소원은 5년 내에 후배 작가들이 제로룸을 이끌어 갈 수 있는 기반을 갖추고, 본인은 하고 싶었던 작품에 더 집중하는 것이라고 한다. 걱정없이 작품만 하실 수 있는 날이 빨리 오길!

원서동 152번지의 공감도.
1층은 쇼룸과 전시공간, 지하는 작업실과 클래스 공간이다.

☆ 한옥에서 ☆ 요가 명상

한옥 마당을 내다보며 산수유 나뭇잎들이 바람에 흔들리는 소리를 들으면
밖에서 소란스러웠던 마음이 한없이 차분해진다.

계동길 골목 안 한옥에서 우프(WWOOF, World Wide Opportunities on Organic Farms) 코리아를 운영하며 게스트하우스를 병행하던 김혜란 대표가 2016년 한옥 공간을 리모델링한 후 복합한옥공간 '곳'을 오픈했다. 마당 가운데 오래된 산수유 나무 한그루가 자리한 고즈넉하고 햇살 잘 드는 이 ㄷ자 한옥 공간은 거실 및 공용 공간은 카페나 모임에 쓰이고, 분리된 객실은 게스트하우스로 쓰고 있었다.

종종 촬영이나 행사 공간으로 전체 대관되는 일도 많은, 누구나 한번 들어서면 아늑한 한옥 공간의 매력에 빠지는 곳이다. '곳'에서는 오래전부터 한결같이 매일 아침 구운 유기농 빵을 동네 이웃들과 함께 나눔하는데, 대문 밖 나눔 전용 의자에 수제빵도 두고 가끔 친환경농산물을 올리기도 한다.

스테이와 카페로 운영하며 우프 농가의 친환경 차나 디저트도 소개하던 이 한옥 공간을 좀 더 많은 이들이 의미있는 곳으로 써 볼 수 있을까 고민하시는 얘기를 듣고, 이 특별한 공간에 잘 맞을 경험이 과연 뭘까 나도 함께 생각하게 되었다.

어느 날 퇴근길 골목을 걷다가 문득 어떤 이미지가 떠올랐다. 회사를 다니면서 요가 강사 자격증을 따고 명상 요가에 대한 꿈을 펼치고 싶어 했던 후배가 한옥에서 소규모로 수업을 해 보면 어떨까 하는 생각이 들었다. 누구보다 요가에 대해 진심이지만 회사원 경력만 있던 후배에겐 수업에 대한 경험이 필요했고, '곳' 공간도 상시로 수업을 할 상황은 아니어서 서로의 조건이 잘 맞았다. 다른 요가 수업 장소와는 확연히 다른 한옥 공간의 편안하고 평화로운 분위기가 소규모 수업의 만족감을 높여 주지 않을까 기대가 되었다.

이후 그 후배를 포함한 세 강사분들이 주말에 한옥 요가 명상 수업을 진행하기로 했다. 몸과 마음의 안녕을 위해 요가 명상을 꾸준하게 수련하고 있던 세 명 모두 주중에는 직장인이고, 주말에만 요가 명상 수업을 진행했다.

요가 수업 준비를 마친 한옥 공간.
아담한 실내는 소수 인원이 고요하게 집중하기에 충분하다.

2018년 4월 첫 수업을 시작해 2021년까지 3년이 넘는 시간 동안 세 직장인은 주말마다 한옥 요가 명상 선생님이 되어 원데이 수업에 참여한 많은 분들과 일상 속 고요한 치유의 시간을 이끌었다. 과연 수업 신청자가 있을까 싶던 우려는 회가 거듭될수록 한옥을 나서는 분들의 환해진 얼굴만큼 사라지고, 초반에 참여한 분 중 3년 넘게 자주 수업을 찾아준 분도 있을 정도로 많이 좋아하셨다. 명상 50분에 유기농 차를 들며 차담을 하는 시간으로 채운 수업은 늘 조기 마감되었다.

누구나 부담없이 요가명상을 접했으면 좋겠다는 마음으로 시작한 수업은 한옥이라는 공간을 만나 찾아온 분들이 잠시 마음을 내려놓고 고요하게 스스로를 보살피는 시간이 되었다. 수업을 진행하는 이들 역시 직장인이었기에 주중의 고단함을 풀기 위해 주말 한옥을 찾은 직장인들의 마음을 잘 이해했고, 차담을 하며 더 깊게 공감할 수 있었다.

북촌의 한옥과 작은 마당은 사계절 다양한 풍경과 정취를 주고 하늘, 햇살, 바람과 자연을 그대로 느낄 수 있는 특유의 편안함으로 온전히 몸과 마음에 몰입할 수 있는 최고의 공간이었다. 수업은 날씨가 좋을 땐 마당에서도 하고, 기회가 될 때는 주중에도 열고, 아로마오일이나 핸드팬 연주를 곁들이거나, 젠탱글 아트와 함께하기도 하면서 더욱 다채로워졌다. 한번 소규모 한옥 요가를 경험한 분들은 팬이 되어 또다시 신청하고, 지인들에게 강력 추천을 하며 꾸준히 인기를 끌고 입소문이 났다.

코로나 모임 인원 제한이 있을 때도 소규모 수업은 꾸려 갈 수 있었으나 4단계 거리두기로 5인 이상 사적모임이 금지되면서 안정적으로 운영하기 어려워졌다. 온라인으로도 진행해 봤지만 역시 한옥이 주는 그 느낌은 살릴 수가 없어 다음을 기약하며 아쉽게도 수업은 중단되었다. 한옥에서 진행했던 평온한 마음챙김 요가 수업은 모두에게 진한 여운을 남겼다. 우리의 요가 선생님들에게도 은퇴 후에 이 일을 꼭 업으로 삼아야겠다고 다짐할 수 있었던 중요하고 소중한 경험이 되었다고 한다.

2022년 우연히 TV를 보는데 〈서울 체크인〉에서 이효리와 요가 멤버들이 바로 그 한옥 공간에서 요가복 화보를 촬영하는 장면이 나왔다. 노란 산수유 꽃이 핀 나무 아래에서 요가복을 입고 포즈를 취하는 그녀들을 보면서, 어쩐지 저 씬은 우리의 한옥 요가 명상이 힌트가 된 게 아닐까 생각했다.

★ 한옥 요가 명상 클래스를 만든 성등 님의 북촌 이야기 ★

북촌의 아담한 한옥에서 작은 명상 수업을 만들었다. 수업을 한 한옥은 좁은 골목 사이에 있는 집이기에 평소에 사람들이 많이 다니지 않았고, 아주 가끔 마음 급한 동네 배달 오토바이가 지나가곤 했는데 이 또한 명상 중 쏟아지는 졸음에는 참 적절하고 적당한 소음이었다. 한옥의 거칠고 두터운 나무 문은 아무리 남자 어른의 손이라 하더라도, 그 문을 미는 사람의 손을 작고 보드랍게 만드는 신묘함이 있었다.

묵직한 문 안쪽에는 작은 마당이 있고, 마당 한가운데에는 산수유 나무 한 그루가 있었는데 쏴— 하는 바람 소리와 함께 자신의 나뭇잎을 차례대로 하나하나 반짝이며 찾아오는 사람들을 조용히 환대해 주었다.

고작 문턱 하나 넘었을 뿐인데 마치 다른 세상에 들어온 것처럼 갑자기 더 고와진 햇살과 부드러워진 바람과 편안해진 공기는 사람들 얼굴에 서린 긴장감을 지우고 와야 할 곳에 제대로 왔다는 편안함을 건넸다.

누가 되었든 한옥 문턱을 넘는 순간만큼은 저마다의 삶을 문밖에 두고 왔다. 몸에 걸치고 있던 무거운 옷가지마저 내려놓고 조심스럽게 마루에 걸터앉은 사람들의 영혼은 이미 순수했다. 마음의 평안을 위해 명상 수업을 신청하셨을텐데, 한옥이라는 공간에 들어선 순간 이미 평안해져 버렸다.

지나고 보니 명상 수업은 한옥이 했고, 나는 그 시중을 들었던 것 뿐이었다.

한옥은 옛날 사람들이 살던 공간이기에 상대적으로 체구가 큰 현대인들에게 한옥 안의 공간은 소담할 수밖에 없다. 안방 공간은 다섯 명이면 충분하게 꽉 차곤 했는데 처음에는 수업을 하면서 공간이 좁아 불편하면 어쩌나 걱정했다. 그런데 한옥이라는 공간이 주는 마법이랄까, 차담 시간은 늘 편안했고 수줍음을 많이 타거나 혼자 온 분들도 언제나 말하기에 주저함이 없었다. 한옥이라는 안온한 공간이기에 각자의 존재를 자리에 앉아 느끼고 숨소리만을 듣는 시간으로도 서로에게 적절하고도 충분한 친근함을 느낀 것 같다. 그동안 세상 속에서 사람들을 만날 때 불필요하게 과도한 정보와 너무 많은 생각과 인사치레를 했던 것은 아닐지, 그것이 오히려 사람 사이에 벽을 만들었던 것은 아닐지 생각했다.

젠탱글과 아로마 오일, 싱잉볼, 핸드팬 연주 등을 곁들여 진행한 한옥 요가 명상.
요가 수업을 더욱 다채롭게 시도해 보며 함께 소통하고 성장했다.

☆ 우리들에게 ☆ 고향을

'왜 북촌에 사는가'를 스스로 질문해 본다. 확실히 사는 데 불편한 점이 많기는 하다. 근처에 대형 마트도 아이들 학원도 별로 없고 주차장도 아파트에 비하면 쾌적하지 않다. 벚꽃이 일찍 만개한 주말, 이때다 하고 가까운 정독도서관에 가면, 부지런하기도 하지 봄꽃의 향연을 즐기려는 사람들이 벌써 가득하다. 주말에 조금이라도 유명한 곳으로 나들이를 간다면 항상 인파에 시달리는 거야 당연하지만 북촌에 사는 주민으로서는 동네 전체가 그런 곳인 게 문제다. 하지만 대안이 없진 않다.

바쁜 맞벌이에겐 이미 온라인 장보기나 새벽 배송이 시간과 장소의 제약을 해결해 주고 있고, 하루 두 번 정해진 시간에 야채 트럭이 확성기 소리를 내며 골목골목에 찾아온다. 방문객들이 빠지는 저녁 8시 이후의 어둠 속에 한갓진 동네를 돌아보거나, 평일 또는 이른 아침도 고즈넉하게 즐길 수 있다.

학원이 몇 개 없어도 과목별로 운영되는 공부방이 있다. 그 흔한 동네 태권도장도 없는 곳이지만, 아들이 여덟 살 때 현대 사옥에 있는 입시체육학원에 찾아가서 팀을 짜 올 테니 초등 축구교실을 만들어 달라고 해서 수업을 받기 시작했다. 지금은 초등 농구와 인라인스케이트 수업까지 성황 중이다.

종로, 을지로나 광화문, 시청 등의 업무지구와 가까워 직주근접의 혜택을 누릴 수 있는데, 오랜 역사의 주거지역이라 어린이집이나 유치원부터 고등학교까지 인구에 비해서 교육기관들이 꽤 많다. 상업시설들이 늘고 도심 공동화 현상으로 아이들 수가 줄어 학급당 인원과 전교생 수도 적지만, 북촌의 학교들은 서울형 작은학교로 지원받으며 오히려 소규모 학교의 특징을 살린 특색 있는 프로그램을 개발해 교육하고 있다.

어쩌면 매우 불편한 일상일 수 있지만 우리가 여행을 갔을 때 그 지역까지 가는 길, 가서 또 찾고 기다리고 즐기는 여정이 일상에 있는 셈이니 항상 여행지에 있는 상태 아닌가. 대신 동네는 언제나 여행 온 사람들의 설레고 기쁜 표정들, 웃음소리, 호기심에 찬 눈빛과 즐거운 발걸음으로 가득하다. (게다가 오픈런과 몇 시간 줄서기를 해야 하는 맛집들도 집에서 예약을 하고 시간 맞춰 후다닥 가서 즐길 수 있다는 장점도 있다.)

언젠가 아이들에게 다른 동네에 큰 아파트로 이사 가서 살면 어떻겠냐고 슬쩍 떠본 적이 있다. 자기 방이 더 넓고 놀이터가 잘되어 있는 건 좋겠지만 우리 동네가 예쁘다고, 다른 곳에 가고 싶은 생각은 별로 없단다.

북촌의 첫 번째 집이었던 계동 한옥에서 이사 나와야 할 때, 부동산에 내놓자 곧 집을 보러 온 가족이 있었고 바로 그분들이 계약을 했다. 한 살도 안 된 예쁜 아들을 안고 온 젊은 부부였는데, 줄자도 가지고 와서 미안해하며 거실 폭도 재고 꼼꼼하게 열심히 집을 살펴봤다. 아기가 있으니 우리도 상세하게 곳곳을 설명해 주고 장단점을 솔직하게 얘기해 줬는데, 사실은 이 집을 블로그에서 보고 온 거라고 했다. 내가 아이들과 한옥에서 사는 일상을 블로그에 올렸는데 아기 엄마가 그 기록들을 보고 이런 집에서 아이와 함께 살고 싶다는 생각을 가졌단다. 이 동네에 또 그런 집이 있을까 찾으며 최근에 매물을 알아보는데 마침 이 집이 딱 나와서 깜짝 놀랐다며, 이미 마음을 정하고 온 듯했다. 좁지만 우리 넷이 잘 살았던 집에 또 다른 가족이 역시 그런 삶을 꿈꾸며 이사를 온다니, 어쩐지 생각이나 취향이 닮은 사람들이 북촌에 살고 싶어 하는 것 같다.

고 전몽각 선생님의 《윤미네 집》 사진집을 참 좋아한다. '윤미 태어나서 시집가던 날까지'라는 부제가 붙은 아주 개인적인 26년간의 필름 가족 사진 앨범이다. 1964년부터 1990년까지 흑백사진 속 한 다정한 아버지의 시선에 담긴 따뜻한 풍경들, 어느 누구네 집과 다를 것 없는 윤미, 윤호, 윤석 세 아이들이 커 가는 모습이 그 시절의 마포, 서울역, 숭인동, 갈현동, 남현동 동네를 배경으로 담겨 있다. 직접 설계하고 지었다는 집에서 가족들이 저마다 좋아하는 공간을 즐기는 시간, 사춘기에 접어든 딸을 예전보다 거리를 두고 사진을 찍는 아버지의 조심스러운 마음도 고스란히 전해진다. 너무나 일상적이어서 특별하지 않지만, 그 가족을 바라보는 아버지가 카메라 뒤에 계시고 그렇게 함께 있었던 순간의 기록은 사진과 함께 그대로 남게 된다.

우연찮게 《윤미네 집》 흑백사진 속의 큰아들을 내가 다니던 회사 CTO로, 작은아들을 형부의 의대 동문으로 현실 세계에서 확인하게 되었는데, 여전히 시간이 멈춰 버린 사각 프레임 속 윤미네 가족의 모습은 내

유년 시절과 집에 대한 추억을 떠올리게 한다.

아이들이 자라는 동안 집은 물론 터전이 되는 동네 또한 한 사람의 정체성을 이루는 데 중요한 역할을 할 것이다.

나는 인천 서쪽의 정유공장 사택에서 태어났다. 높은 언덕을 오르면 나타나는 사택은 미국 유니온 오일이라는 회사와 합작투자로 공장을 설립할 당시 미국에서 가져온 자재로 건축했다고 한다. 20대가 되어 군복무로 카투사에 간 오빠를 면회 가서 우리가 살았던 사택이 미군부대 건물과 안팎이 모두 똑같이 생겼다는 걸 알게 되었다. 벽돌 규격이며 라디에이터까지 익숙한 것이었다.

산 위라 숲이 있고 봄이면 벚꽃과 복숭아꽃이 만개하는 아름다운 곳이지만 90년대 들어 공장의 소유가 여러 기업들에 넘어가고 변경되면서 이제 사택은 없어졌다. 경인에너지, 한화에너지, 현대오일뱅크를 거쳐 SK인천석유화학이 된 그곳의 사택 부지는 벚꽃동산으로 바뀌어 봄이면 일반인들에게도 며칠 개방한다고 한다.

유년 시절을 보냈던 그곳을 떠나온 지 아주 오랜 시간이 지난 어느 날, SK 텔레콤에 다니고 있던 나는 그룹 사내방송에서 그 SK인천석유화학의 벚꽃축제를 취재한 방송을 보게 되었다. 사무실 자리에서 공용 모니터에 나오는 추억의 풍경을 보며, 이제 사택은 없어지고 나의 고향이 저렇게 달라졌구나 눈을 뗄 수 없었다. 없어진 사택, 개방 시 외에는 자유롭게 갈 수 없는 곳. 어린 시절의 장면 장면이 녹아 있는 그 장소는 마음에 묻어야 할까. 600여 그루의 벚나무들은 그동안 더 튼튼하게 자라 우람해지고 한층 풍성한 꽃을 피우고 있었다.

돌아보면 그곳에서 자라는 동안 자연에 대한 관심, 사계절의 변화, 상상하며 숲속에서 놀던 시간, 그리고 따뜻한 공동체에서의 관계와 교류에 대한 경험과 기억이 나라는 사람의 상당한 뿌리가 되어 주었음이 분명하다.

남편이 (아직 남자친구였던) 대학생 때, 가끔 어린 시절 살던 동네를 가 보고 싶다고 했던 적이 있었다. 초등학교 앞에도 가 보고, 어느 골목인가에선 비슷한 파란 대문집들을 유심히 보던 그였다. 이제 그의 어린 시절 집은 재개발로 아파트 숲이 되어 사라져 버렸다.

아이러니하게 지금의 북촌 한옥마을은 1933년 무렵 조선의 부동산 개발업자인 건축왕 정세권의 재개발로 도시형 한옥들이 대단지로 들어서면서 지금까지 보존되어 온 것이다. 시간이 지나면 우리가 기억하는 도시의 곳곳도 어떤 이유와 변화의 흐름에서인지 사라져 갈 수밖에 없는 곳이 생겨난다.

북촌에서 어린시절을 보낸 아이들, 그 아이들을 키우며 가장 바쁜 나날을 보냈던 우리 부부는 먼 훗날 북촌은 보존될 수도, 그 안에서 또 무수한 변화가 생길 수도 있다고 생각한다. 그러나 창덕궁과 문화유산들이 곳곳에 남아 있을 테니 결코 사라지지 않는 고향으로 남을 수 있으리라는 기대도 한다. 이 골목골목도 기억할 수 있는 모습 그대로 남아 있을 수 있다면 참 다행이겠다.

아이를 키우면서 부모는 인생을 두 번 사는 것 같다. 아이를 통해 자신의 유년 시절이 한 번 더 겹쳐지고 보듬어지는 경험을 한다. 그래서 내가 유년을 보낸 곳이 첫 번째 고향이라면, 아이들을 키우며 가족과 지낸 곳이 두 번째 고향이 되지 않을까. 요즘 시대에 고향이라니 올드하지만, 그런 곳이 있다면야 누구에게나 더없이 소중하고 필요한 세계일 것이다. 아이들과 우리들에게, 먼 훗날의 고향 동네로 북촌이 있어 주길 바란다.

화창한 날 정독도서관에서 자전거를 타는 아들.
거짓말 같은 하늘과 이 예쁜 유년의 시간이 가는 게 아까워서 사진에 담았다.

☆ 윤화진의 ☆
북촌 문답

Q.
대단지 아파트가 없는 북촌 집 구하기의 특수성이라면?

A.
모든 집이 다르고, 매물도 별로 없고, 원하는 집을 구하려면 오랜 시간 들여 일일이 발품 팔고 볼 수밖에 없는 것 같아요. 주차 조건이나 시간대별 채광이나 집 안의 수리 상태나 건물 노후 등의 디테일은 물론 그 집에서 누릴 수 있는 차별점도 꼼꼼히 따져 봐야겠죠. 아파트처럼 동일한 평면도가 있는 것도 아니니 허락을 구해 사진이나 영상을 찍어 두거나, 안 되면 메모를 상세하게 남겨서 비교하면 좋겠습니다.
한동네에 오래 살다 보면 위치별 특징이나 집들의 상황에 대해서도 정보가 축적되고 이웃분들이 얘기해 주시는 내용도 도움이 되지요. 어느 빌라가 관리가 잘된다거나, 입주민들이 협조적이고 친절하다거나, 건물주에 대한 평판도 듣게 되고요. 많이 보고 아는 만큼 잘 구하게 되는 것 같습니다.

Q.
특히 소형 한옥에서 살고 싶은 분들을 위한 조언?

A.
한옥은 여백의 미, 무조건 짐이 없어야 합니다! 한옥의 공간을 제대로 느끼려면 정말 미니멀 라이프로 살아야 할 것 같아요. 커다란 식탁 말고 개다리소반이 제격이고, 붙박이보다는 공간을 여러 용도로 활용하며 유연하게 생활하는 아이디어와 부지런함이 필수인 듯합니다. 그런 라이프스타일에 맞는 분이라면 불편함보다 한옥이 주는 특혜가 더 크겠죠.

Q.

관리소나 경비원이 없는 빌라 공동체는 어떻게 운영되나요?

A.

작은 다세대주택은 청결과 안전, 건물의 크고 작은 관리를 주민들이 함께 논의하고 같이 해결해야 합니다. 어떤 곳은 반장 역할을 하시는 분이 있어서 추진력 있게 앞장서 이끌어 나가는 형태고 또 어떤 곳은 돌아가면서 관리를 맡기도 하지요. 예전에는 누가 관리비 통장을 맡을 것인지도 이슈였는데 카카오 모임 통장을 만들어서 세대주들을 멤버로 참여시키고 입출금 내역을 모두가 언제나 볼 수 있도록 공유하고 있어요. 건물에 보수나 수리할 일이 있으면 견적을 받고 어떤 건으로 얼마가 들 건데 분담이 어떻게 되는지 의논해서 결정하고 진행합니다. 예전에는 한 달에 한 번씩 모여서 반상회처럼 하셨다는데 바빠지면서는 단체 채팅방에서 소식을 전하고 얘기 나누는 게 더 편해졌네요.

Q.

소격동, 계동, 원서동은 모두 지척인 동네이지만 그래도 차이가 있다면?

A.

계동은 오밀조밀 소박하고 정겹고 늘 근처 이웃들이 느껴지는 생활권이고, 소격동은 미술관들이 큰 영역을 차지하고 상업지구 속에 사는 느낌이지만 몇 안 되는 이웃들이 서로를 친절하게 챙겨 주는 느낌이에요. 휴가 떠나 있는 동안 삼청파출소에서 창문 단속도 해 주셨지요. 원서동은 한적한 주거지역의 느낌이 있어서 적당히 독립적인 생활을 보호받을 수 있는 것 같습니다. 다닥다닥 많은 빌라가 밀집해 있어 아주 깔끔한 인상은 아니더라도 어디서든 보이는 울창한 창덕궁의 숲이 시각적으로 북촌의 허파 역할을 해 주는 듯한 청량함이 있지요. 소격동에 살 때는 주로 안국역 1번 출구로 나와서 윤보선길, 감고당길, 그리고 삼청동 쪽을 많이 오갔고, 계동과 원서동에 살면서는 안국역 3번 출구로 나와서 계동길과 창덕궁길을 많이 이용하게 되니 같은 북촌이어도 동선에 따라 다른 느낌을 받게 되네요.

Q.
북촌의 어린이/청소년 교육 여건은?

A.
아이들 수에 비해 교육기관 수는 풍부하다고 생각되는데, 어린이집만 해도 가회어린이집, 안동어린이집, 삼청어린이집, 운현어린이집이 근처에 있고 현대와 감사원에는 직장 어린이집이 있습니다. 또 유치원은 재동초등학교의 병설유치원과 운현유치원이 있어요. 초등학교는 오랜 역사의 재동초와 교동초, 사립인 운현초가 가까이 있습니다. 교동초 옆에 특수학교인 서울경운학교가 있지요. 중학교 진학 시 여학생들은 덕성여중 · 중앙중을 주로 배정받고, 남학생들은 대부분 중앙중에 가지만 동성이나 청운에 가는 경우도 있다고 합니다. 여학생들은 덕성여고 · 배화여고가 가깝고 멀리는 이화여고 · 이대부고로도 진학하고, 남학생들은 자사고인 중앙고를 많이 가고 싶어 하고, 대신고 · 동성고로도 진학합니다. 계동에 특성화고인 대동세무고등학교가 있는데 좀 더 소개하자면 1925년 상업학교로 개교해 종근당고촌학원이 운영하고 있는 남녀공학 학교입니다. 미래의 세무사, 공인회계사, 재무책임자를 희망하는 학생들이 가겠지요. 해마다 여름방학에 중3학생 대상 회계교육과정을 실시하여 회계가 어떤 분야인지 알 수 있도록 법인에서 전액 지원하는 프로그램이 있어요. 회계수업과 학교생활을 3일간 경험하며 적성이 맞는지 진학을 결정할 수 있는 기회가 된다고 해요. 특성화고 특별전형이 있어 취업과 진학 희망 학생이 비슷하다고 하고, 운동부로 축구부가 있어 운동장에서 야간에도 훈련하는 모습을 종종 보기도 합니다.

Q.
윤화진 님 가족의 다음 집은 어디일까요?

A.
처음 북촌에 우리 가족과 시어머님이 각각 집을 구해 이사 왔는데, 5년 뒤에 친정부모님과 친정오빠 가족이, 또 3년 뒤엔 시누이 가족이 차례로 한동네 여기저기에 모여 살게 되었어요. 어쩌다 이 시대에 이곳에서 씨족 사회를 형성하게 되었는가 싶을 때도 있지만, 오며 가며 부모님을 자주 뵙게 되고, 필요한 상황이 생겼을 때 서로 도울 수 있어 든든하고, 학교에서 다른 학년의 사촌을 만나는 반가움도 있지요.
다음 집이라면 정원 있는 집으로 이사 가자는 어릴 적 딸의 소원과, 우리가 원하는 집을 한번 지어 보자는 로망을 담아 전원 속에 단독주택을 지어 자유롭게 살아 보고 싶습니다. 자연과 함께 어울려 더 단순하게 살아도 되는 시기를 준비하며, 어떻게 지을까 계획을 세워 보는 것부터가 설레고 신나요. 집 지으면 10년 늙는다니, 실전은 고난이겠지만.

☆

3장
서촌의 번역

- 번역가 심혜경에게 도서관 사서로 30여 년의 시간을 보내는 동안 북촌의 정독도서관에서 근무할 기회가 두 번이나 왔던 건 정말이지 로또를 맞는 즐거움에 버금가는 대형 기쁨이었다.

- 2년마다 근무지를 이동하는 인사 시스템의 적용을 받는 신분인지라 근무 희망 기관을 1순위부터 3순위까지 적어 내기는 해도, 원하는 곳으로 딱 맞아떨어지게 발령을 받는 경우는 로또 당첨 확률만큼이나 어려운 일이기 때문이다.

카페에서 공부하는 할머니의 유랑생활

○ 직장인으로 북촌 라이프를
지켜보다가 이사는 서촌으로 갔다.
서촌으로 방향을 선회한 첫 번째
원인 제공자는 수성동 계곡
공원이지만, 실제로 거주하면서
점점 더 좋아하게 된 건
서촌 어디에서나 보이는
인왕산이었다.

○ 그리고 전세와 월세를 전전하는
미니멀 라이프 덕분에 서촌의 곳곳을
누비며 새로운 집을 골라 살아 보는
재미를 누리고 있는 중.

번역가인 나는 '서촌'을 '낭만'으로 번역한다

'서촌'이라는, 번역할 수 없는 단어가 눈에 들어오면 대책 없이 '낭만'을 논하고 싶어진다. 진지함 같은 건 눈을 씻고 찾아봐도 없으며 독서 의존증이 심한 나라서 《낭만서촌》을 읽고 급기야는 서촌으로 이사를 감행하고 말았다.

《낭만서촌》의 작가이자 출판사 문화다방을 운영하는 문희정은 '안나의 캔들나이트' 운영자인 안나와의 인연으로 만났다. 그녀의 첫 책《나는 미술관에 놀러 간다》를 읽고 이미 호감도 100퍼센트 충전 완료의 상태였기에 문 작가의 새로운 책이 나오면 모두 읽었다.

책과의 만남은 사람과의 만남을 닮았다. 책과의 만남은 사람과의 만남을 부른다. 문화다방에서 출간한 책들, 그리고《낭만서촌》은 내 운명의 지침을 돌려놓았다. 서로 알지 못하고 다른 길을 걷고 있던 두 사람이 책으로 만나 같은 장소를 바라보게 되고, 두 사람의 시선이 겹치는 순간 운명의 지침이 바뀐 것이다. 덕분에 결단을 내려 서촌으로 이사할 수 있었고, 그다음에는 문화다방 출판사의 요청으로《낭만서촌》 개정판에 추천사를 쓸 수 있어서 완전 행복했다는 이야기.

서촌은 조선시대 정궁인 경복궁의 서쪽에 위치한 동네를 가리키는 별칭에 불과하지만, 내 마음과 몸을 붙들고 놓아 주지 않는 정인(情人)과 같은 존재다. (인왕산 옛 이름인 서산 아래에 있는 동네라서 서촌이라고 불렀다는 이야기도 있다.) 서촌에 대한 사랑을 고백하고 난 다음에는 노골적으로 서촌 예찬을 하고 다닌다. 당연한 거 아닌가. 누군가는 덕질이 극한직업이라고 했지만, 그저 바라만 봐도 좋은 존재가 있음에 감지덕지 덕질에 매진하게 된다. 입덕을 하면 덕질에 더욱 매진하여 성덕이 되어야 하는 법.

길거리 어디에서나 편안하게 마음의 품격을 유지할 수 있는 거의 유일한 공간이 내게는 서촌이다. 그래서 나는 노골적인 자본주의에서 빠져나오고 싶어 하는 이에게, 견고한 질서 속에서 생산과 소비의 왜곡된 관계로 피로하다는 이에게, 야트막한 담장 사이로 볼거리가 많은 동네, 서촌으로의 이사를 감히 권한다. 거대하고 기이한 공간인 도쿄에서 길을 잃고 헤매는 산시로(三四郎)*가 되지 않기 위하여, 마음의 방향을 잃어버리지 않기 위하여 오늘도 나는 서촌으로 회귀한다.

** 나쓰메 소세키의 소설 및 그 주인공의 이름.*

옥인연립에서 가장 뒤쪽, 그리고 가장 높은 곳에 위치한 9동에서 바라본 서울 시내.

왜 나는 서촌을 사랑하는가

서울은 깊다. 그 깊은 도시에서 큰길 하나만 벗어나면 금세 작은 골목과 재래시장을 만날 수 있는 서촌은 내게 대체 불가의 매력적인 존재다. 평생 서울에서 살았지만 모든 동네를 다 가 본 것도 아니고 이사를 많이 다니지도 않았기에 서울의 주거 환경에 대한 이해 범위는 한정적이다. 하지만 내가 다녀 본 곳들에 대해 뭔가를 말해 보라고 한다면, 서울에서 시간이 가장 느리게 흐르는 곳이 서촌이라고 하겠다.

외부 일정이 없어 집에만 있게 되는 날이면 서촌 산책으로 하루를 시작한다. 작은 골목이 오밀조밀 펼쳐지는 서촌은 광화문과 경복궁 바로 옆 시내 한복판에 위치한 동네인데도, 마치 서울이 아니라 지방 소도시에 살고 있는 듯한 느낌을 준다. 야트막한 한옥들이 차분하게 들어앉은 골목을 걷다 보면 그 아늑한 정서에 마음이 저절로 편안해진다. 도심을 가득 메운 초고층 건물 사이를 걸을 때면 어쩐지 발이 땅바닥에 닿지 않는, 무중력 상태인 듯싶을 때가 있는데 서촌의 골목을 걸을 때는 그렇지 않다.

산책을 길게 할 수 있는 날은 서촌의 끝자락이며 인왕산의 시작점인 수성동(水聲洞) 계곡 공원으로 간다. 주말에는 등산객이나 산책자가 많으나 사철 내내 비교적 한가한 내 마음의 최애 공원인 수성동 계곡에 갈 때는 휴대폰 플레이리스트에 올려 둔 미국의 음유시인 로드 맥컨(Rod McKuen)의 음악을 주로 들으며 걷는다. 공원으로 올라가는 길에 나의 단골집인 옷 수선가게, 세탁소, 카페를 지나, 우리집의 슬기로운 육식생활을 관리해 주는 정육점 아저씨와 눈인사까지 나누다 보면 어느덧 박노수미술관이 보이고 곧이어 수성동 계곡 공원 앞이다.

공원 입구에서 기분 내키는 대로 왼쪽으로 혹은 오른쪽으로 방향을 잡고 걷다가 공원 중간의 아치형 돌다리를 건너 유턴해서 내려오는 데까지 걸리는 시간은 10분. 아무리 게으름을 피워도, 사이사이 숲속으로 난 길에 마음을 빼앗겨 옆길로 빠지지만 않는다면 수성동 계곡 안에서 한 바퀴를 도는 시간은 딱 그 정도면 충분하다.

수성동 계곡의 랜드마크는 바로 공원에 들어서면 보이는 작은 돌다리. 겸재 정선의 그림 〈인왕제색도仁王霽色圖〉에 등장하는 '기린교(麒麟橋)'라는 이름의 다리인데, 1971년에 준공된 옥인시범아파트가 인왕산 경관을 가린다는 이유로 2009년에 철거 결정이 내려지고, 그 자리에 공원을 조성하던 중 겸재의 그림에 나오는 돌다리가 발견되자 그대로 복원해 놓은 것이다.

공원 중간의 좁고 낯선 길을 따라 걷다가 북악 스카이웨이를 만나게 될 때도 있는데 이때 왼쪽으로 내려가면 사직동, 오른쪽으로 가다 보면 요즘 핫플레이스가 된 '초소책방'이 나온다. 좀 더 내려가서 한옥으로 지은 청운문학도서관을 둘러보고 윤동주문학관을 거쳐 부암동을 걷는 것도 좋다. 식사 시간에 부암동을 지나게 된다면 타이완 여행 이후 우육면을 즐기게 된 내가 즐겨 찾는 '란저우우육면'을 추천한다. 인터넷에 떠도는 이야기들로는 시안(西安)의 서북쪽 내륙 간쑤성(甘肅省)의 성도(省都)인 란저우(蘭州) 지방에서 기원한 란저우 우육면이 우육면의 원조이자, 중국 현지에서 가장 보편적인 형태라고 한다. 중국 최대의 포털 사이트인 바이두의 바이두백과(百度百科)에서는 청나라의 첸웨이징(陳維精, 1862~1936)이란 인물이 란저우 우육면의 창시자이며 소수민족 출신의 마바오쯔(馬保子)가 그 조리법을 란저우로 가져왔다고 기록하고 있다. 그러고 보니 내가 최근의 SF 작가들 중 가장 높은 곳에 모셔 놓고 아껴주는 켄 리우의 고향이 란저우였다.

늦은 저녁에 수성동 계곡 공원을 산책하고 내려올 때는 시인 윤동주가 연희전문(연세대)에 재학하던 시기에 4개월 동안 기거했던 하숙집 앞을 지나며 시인의 마음을 찾는 탐정처럼 밤하늘의 별을 헤아린다. 〈서시序詩〉의 마지막 구절인 "오늘 밤에도 바람에 별이 스치운다."를 읊조리면서.

좁은 골목들 사이에 자리 잡은 가게와 집들을 하염없이 구경하다 집으로 가는 길을 잃어도 좋다. 오히려 더욱 신나서 헤매는 시간을 늘리는 경우도 있다. 왔던 길을 되짚어 가며 새로운 장소를 발견하는 즐거움을 누릴 수 있으므로. 집으로 돌아오는 발길도 가볍고 즐겁다. 저녁 시간에는 동네 전체가 살짝 어둡지만 밤늦은 시간에도 여전히 서촌은 안전하다.

그래서 나는 서촌을 사랑하지 않고는 견딜 수가 없다. 오랜 시간을 보냈던 아파트 동네를 떠나 서촌으로의 이사를 감행한 내게 별 다섯 개가 그려진 '참 잘했어요' 스탬프를 백 개쯤 찍어 주고 싶다.

실행력 끝판왕의 이사 준비 1

옥인연립으로

이사 가기로 마음을 먹었으면 바로 다음 날부터 Just Do it! 바보들이나 늘 뭐든 확실하고 확고하다고 일찍이 몽테뉴가 말했다지. 새롭게 하고 싶은 일이 있는데 실행하지 않으면 언제 새로운 일을 겪어 보겠는가? 매일매일의 삶이 즐거우려면 소소하게 새로운 일을 시도해 보는 게 좋다. 새로 나온 책 읽기, 신상 카페 둘러보기 등등. 나의 모든 즐거움은 실행력에서 나온다. 안 해 본 일을 시도할 때면 텐션이 올라가고, 아드레날린 최다 분출에 전투력 상승의 급물살도 탈 수 있다. 아마도 약간의 불안이 가미돼서 그런 것이겠지만.

좀 더 나아지고 좀 더 현명해지기 위해서는 삽질도 많이 해 볼 필요가 있다. 실제로 삽이라고는 손에 쥐어 본 적도 없는 내가 이토록 삽질을 많이 하게 될 줄은 몰랐다. 내게 실천은 가깝고, 후회는 아직 멀기 때문일지도 모르겠다. 더구나 삽질 노동은 어려운 일을 해결할 수 있는 굳은살을 만들어 줘서 좋다. 내가 하고 싶은 일이 살짝 '뜸'을 들여야 더 잘되는 경우라면 모를까, 그렇지 않다면 나는 바로 첫 삽을 뜬다. '뜸들이기'는 밥솥의 미덕일 뿐이니, 나는 나대로 가는 거다.

살고 있던 아파트 단지 부동산중개소에 우리집을 매물로 등록하는 동시에, 서촌에서 가장 살아 보고 싶었던 동네인 옥인동의 11개 동(건물 외벽의 숫자만으로는 12동까지 있는 것처럼 보이지만 4동은 존재하지 않는다. 4동이 없는 이유를 나는 알지만 계속 궁금한 상태로 놔두기로.) 규모의 옥인연립에 적당한 전셋집을 구해 달라고 했다.

살아 본 적 없는 동네에 가서, 모르는 부동산중개인을 찾는 것보다는 발품을 덜 팔아도 된다는 계산이 나와서 그랬다, 라고 하면 퍽이나 계산적인 것처럼 보일지도 모른다. 그렇지만 나는 수학을 향해 짝사랑, 아니 외사랑을 불태우다 실패한 여자이며, '수학병'을 앓아 버린 몸이라 그런지 수학에 면역이 생겨서 도통 수학 성적이 오르지 않는 체질이다. 수학에 대한 타는 목마름은 고대 이집트 알렉산드리아의 수학자 히파티아*를 퀴리 부인 다음으로 사랑하는

** 인류 최초의 여성 수학자로 꼽히는 신플라톤주의의 대표적인 그리스계 철학자. 히파티아가 주인공으로 등장하는 영화 〈아고라〉(2009)에서는 레이철 와이즈가 주연을 맡았다.*

나의 인생 선배님으로 모시는 경지에 이르렀건만. 어나더 레벨, 어나더 클래스의 두 여성을 마음에 새기는 것만으로도 나의 스펙이 조금 된다고 치며 혼자 즐거워한다. 네, 그래요. 혼자 놀기의 경지가 여기까지 이르렀습니다!

옥인연립은 내가 사랑해 마지않는 수성동 계곡 공원과 딱 붙어 있으니 다른 곳은 아예 관심도 두지 않았다. 아무렴, 서촌살이의 백미는 수성동 계곡이므로, 옥인연립이 아니면 안 되는 거다. 이곳에서라면 사계절의 변화를 집 안에서 체감할 수 있을 것이었다. 옥인연립 하나만 바라보고 이사 결심을 했다고 해도 과언이 아닌 거다.

1979년에 지어진 옥인연립은 외관상으로는 무척 허름하고 낡았는데 들어가서 보면 진짜로 낡았다! 그래도 건축법 규정에 맞게 매우 견고하게 지어졌다는 세간의 평을 믿고, 매물로 나온 두 곳 중 최근에 인테리어 공사를 마친 집을 골라서 계약을 했다. 회색과 흰색 중심의 무채색 톤으로 마감된 데다가 새하얗게 빛나는 싱크대를 들여 놓아서, 내가 일명 '병원 인테리어'라고 부르며 애정하는 '언덕 위의 하얀 집'이었다. 그리 가파르지 않은 언덕 위에 자리 잡은 옥인연립은 높은 곳에 오르기를 싫어하는 내가 걸어 올라가기에 맞춤했다. 조금만 더 가팔랐더라면 내가 이곳으로 이사 오는 일은 없었을 것이다. 나는 오래 걷기에는 제법 소질이 있다. 그런데 등산에는 결코 익숙해지지 않는다. 인왕산이 아무리 아름답다 해도 나는 아마도 영원히 등산 비기너 수준에 머물러 있을 것 같다. 그래서 산에 오르자는 친구의 제안에는 단호히 거부하는 단호박이 된다. "산이 거기 있으니까."라는 말은 등산의 이유가 못 된다는 게 내 생각이다. (조지 맬러리* 씨, 미안합니다.) 아니, 산꼭대기(頂上)에서 약속이 있는 것도 아니고, 국가 정상(頂上)도 아닌데 왜 힘들게 높은 산에 오른단 말인가. (등산을 좋아하는 친구들 앞에서는 이런 말 못함.)

** 1차 세계대전에 참전한 영국 군인. 1921년 에베레스트 최초의 원정대에 참가한 뒤 실패를 거듭하다 1924년 정상을 밟은 뒤 하산 중 38세의 나이에 사망한 것으로 알려졌다.*

수성동 계곡 공원에서 바라본 옥인연립.

주방 싱크대, 이름하여 '병원 인테리어 싱크대'.

아무나 쉽게 드나들 수 있는, 그러나 모두가 안전한 옥인연립.

실행력 끝판왕의 이사 준비 2

모든 것을 절반으로

원래 살던 아파트는 매매 거래가 될 기미가 안 보여 결국은 전세 세입자를 들였다. 그리고 이사 준비를 시작했다. 그런데 시작을 해 보니 결코 보통의 이사 준비로 끝날 일이 아니었다. 새로 이사 가게 될 옥인연립의 크기는 기존 45평 아파트의 절반에도 못 미치는 20평이었던 것. 거의 모든 가구를 처분하고 살림살이들을 비워야 했다.

미니멀리즘이 이 땅에 진격해 오기 훨씬 이전부터 'Simple is the best.'를 부르짖던 나로서는 참으로 인정하기 힘들었지만, 30년을 훨씬 넘긴 결혼생활에서 얻은 건 두 아이가 자라는 속도와 크기에 맞춰 늘어난 아파트 평수, 그리고 방만하게 개수를 늘린 가재도구들이었다. 그러니 무조건 절반으로 부피를 줄여야 '이사'라는 이벤트에서 성공을 쟁취할 수 있는 상황이었다.

이사까지 남은 기간은 석 달. 쓸모를 벗어난 지 이미 오래되었는데도 거실을 온통 점거/잠식하고 있던 33인치 브라운관 텔레비전은 구청에서 치워 줬다. 가구 취향이 비슷한 지인들을 수배해서 대형 소파, 다양한 모양과 높이의 테이블 및 의자 들을 무상으로 분양했다. 좁은 공간을 조금이라도 넓게 사용하고 싶어 신혼 시절부터 사용해서 이제는 다른 제품으로 갈아타야 할까 망설이던 침대도 없앴고, 고급진 음감 훈련을 위해 큰맘 먹고 장만해 서브우퍼까지 갖춘 5채널 스피커 오디오 세트도 아낌없이 양도했다.

한때 조명에 누구보다 진심이었던지라, 거실과 각 방에 두 개 이상의 스탠드들이 포진해 있었는데 그것마저 없애고, 통닭과 칠면조를 제대로 구워 보겠다고 마련했던 세탁기만 한 크기의 오븐(나중에는 주로 여러 개의 프라이팬, 대형 냄비, 곰솥 등의 수납장으로 사용됨)은 전세로 들어오는 세입자에게 넘겨주었다. 각 방에서 나온 벽시계와 액자도 몽땅 처분하고 보관해야 할 작품은 액자에서 분리해 원형 화구통에 따로 보관하기로 했다.

호기심의 용량이 다른 사람보다 크고, 다른 사람들이 모르는 신제품 찾아내는 걸 좋아해서 의도하지 않게 얼리 어답터 노릇을 좀 오래 했더랬다. 그랬더니만

글쎄, 신기하고 진기하다며 들여놓은 소품들이 어디선가 계속 나오는 게 아닌가. 그것들을 싹 다 걷어 내서 궁합이 맞을 것 같은 지인들에게 나누어 주었다.

여덟 시간 후의 날씨를 예보해 주는 신박한 기계(작은 크기의 탁상용 시계처럼 생겼고, 온도와 습도 등을 점검해서 밤에 잠들기 전쯤 들여다보면 다음 날 출근할 때 어떤 두께의 옷차림을 할 것인지, 우산이나 장화를 준비해야 할지 알려 준다), 자력으로 공중에 떠 있는 별자리 지구본, 낮에는 세계지도가 그려진 평범한 지구본인데 밤에는 조명등으로 변신하는 스탠드 등은 신기한 물건이라면 사족을 못 쓰는 친구에게 선물했다. 지구본이 두 개였던 건 나의 두 아이가 모두 세계로 멀리멀리 뻗어 나가기를 바라는 마음에서 그랬던 건 아니고, 그저 외우고 기억할 게 많은 세계지리 공부에 유용할 것 같아서였다, 라고 써 놓고 보니 교육열이 지나친 학부모처럼 보이는군….

물건을 처분하다 보면 엄청난 쾌감, 그리고 카타르시스가 몰려온다. 마치 내 사전에는 '미련'이라는 단어가 아예 존재하지 않는 듯 행동할 때, 없던 추진력마저 솟아나는 것 같다. 미련을 붙잡아 두는 일 따위에는 기꺼이 패배해 주겠다는 마음가짐이랄까? 거침없는 '단사리*'로 환경을 바꾸어 인생에서 역전할 것인가, 아니면 역시나 하면서 주저앉을 것인가. 눈에 보이는 물리적 공간을 심플하게 치워 두면 머릿속까지 정리가 되면서 만사가 깔끔해지는 것 같다. 중요한 일을 미루고 회피하는 악습도 원천봉쇄된다. 아무튼 정리는 일석이조의 활동!

이사 준비를 시작할 때면 미리미리 여분의 시간을 투자해 오랜 시간 자리만 차지하고 있는 물건들을 최대한 쳐내겠다는 계획을 세우곤 했다. 하지만 해야 할 일과 놀거리 사이에서 균형을 잡지 못해서인지, 여분의 시간이 나를 기다려 줬던 기억이 없다. 역시 계획의 본분은 어디까지나 계획일 뿐이었다. 생각대로 되지 않아 생각을 멈추는 수밖에 없었다.

** 斷捨離: 2011년 일본에서 유행하기 시작한 '끊고, 버리고, 떠나기'를 뜻하는 말. '미니멀 라이프'의 한 개념이다.*

받아놓은 이사 날이 올 때까지 그냥 손을 놓아 버리고는 결국 새로 이사 가는 집까지 물건들을 몽땅 끌고 가서 그제서야 본격적인 정리를 시작했던 것이다. 과거 나의 이사 패턴은 그랬다.

이런 이사를 몇 번 반복하면서 얻은 결론은 집의 면적을 줄여야 짐의 부피가 줄어든다는 것. 그동안 고정불변의 원리처럼 떠받들어 모시던 '정리 = 수납' 이라는 공식을 살짝 비틀어 보고 싶은 마음도 있었다. 수납공간을 늘리면 물건 정리가 쉬워질 것 같지만, 관리해야 할 공간이 더 넓어진다는 사실을 생각해야 한다. 수납공간이 많은 게 반드시 좋은 것만은 아닌 것이다. 그래서 수납공간을 줄이면 어떻게 될지 실험해 보고 싶었는데 집의 규모를 줄여 이사하는 이때가 바로 그 기회였다.

실행에 옮겨 본 결과는? 대만족!

가사에 들이는 시간이 가시적으로, 획기적으로 감소한다. 욕실 두 개를 사용하다가 한 개로 줄이니 유지하는 데 들이는 시간도 절반으로 줄었다. 대신 약간의 불편은 감수해야 한다. 우리집 4인 가족 구성원 중 세 명이 아침에 출근 준비를 해야 하므로 욕실 병목 현상이 생기지 않도록 시간 배분을 해야 하는 등의 문제는 미리 합의를 봐 뒀다. 선결 과제를 해결하고 가족의 불평불만을 접수해서 시정하는 업무는 '작은 집'으로의 이사를 원했던 나의 몫으로 오롯이 떨어졌지만, 나로서는 전혀 힘든 일이 아니었으므로 만사 오케이였다. 살림의 규모를 줄인 게 이렇게나 즐거울 일인가 싶다가도, 아직도 틈만 나면 더 덜어 낼 게 뭐 없는지 매의 눈으로 살펴보는 내가 여기에 있다.

동선 낭비를 싫어하는 성격이라면 '좁은 게 좋은 것' 아닐까.

○ 통의동 ○

한 권의 서점,
에디션 덴마크,
서촌라이프

서촌러(西村人)들의 식생활을 책임지는 부서가 있다면 단연 통인시장이다. 재래시장의 면모를 그대로 유지하면서 간식 맛집도 즐비한 곳이라, 신선한 야채를 사고 싶거나 시장표 음식이 고플 때 나는 통인시장에 간다. 그럴 때 세트로 함께 들르는 곳은 통인동 74번지에 나란히 자리한 '한 권의 서점'과 '에디션 덴마크(EDITION DENMARK)' 서촌 쇼룸.

서촌에는 생각보다 책방이 많다. 나는 책방에 때때로…가 아니라 자주 간다. 주로 가는 곳은 '한 권의 서점', '건강책방 일일호일', '더 북 소사이어티', '보안책방', '고래', '이라선', '서점 림', '서촌 그 책방', '역사책방', '오프 투 얼론(Off to Alone)', '책방 79-1' 등이다. 그 외에도 많은 책방이 있지만 아직 가 보지 못해 새로이 탐험할 곳으로 남겨 뒀다. 아쉽게도 서점 림과 역사책방은 문을 닫았다.

한 권의 서점은 한 달에 딱 한 권의 책만 큐레이션해서 전시, 판매하는 작은 책방이다. 한 달 주기로 새로운 주제를 정하고 그 주제와 관련된 책을 선정하는데, 열 명쯤 들어가면 꽉 찰 것 같은 작은 공간에서 책과 관련한 전시와 이벤트도 연다. 아주 유명한 책은 선정 대상에서 제외한다고 해서 더욱 호감이 간다. 많은 사람들이 아는 책은 어차피 어디서든 만날 수 있으니까.

'한 권의 책을 위한 서점' 콘셉트는 도쿄 긴자에 있는 모리오카 서점의 '하나의 방, 하나의 책(一冊, 一室)' 프로젝트에서 따왔다고 한다. 2015년 도쿄 긴자에 가서 그 서점을 구경했던 기억이 새롭다. 그 책방을 운영하는 모리오카 요시유키가 쓴 《황야의 헌책방》을 읽고 찾아간 길이었다. 다섯 평의 작은 공간에 한 권의 책과 함께 전시회를 열어서 화제의 문화공간으로 주목을 받다니 놀라운 일이었다. 한동안 모리오카 서점에 빠져서 책 《모리사키 서점의 나날들》과 영화 〈모리사키 서점의 나날들〉을 모리오카 서점 이야기인 줄 보고 읽었다. 앗, 그런데 이건 그게 아니었군! 이런 우습고 아쉽고 기운 빠지는 만행을 저질렀다는 건 나만의 비밀이다. 그런데 그 책과 영화가 매우 무척 몹시 아주 좋았다는 건 안 비밀.

얼마 전 한 권의 서점에 갔을 때 서점 벽에 붙은 안내글을 보니 25권째의 책을 전시 중이었다. 다음 달에 전시할 26권째의 책은 어떤 책일까 궁금해서라도 또 와야겠다는 생각이 저절로 들게 했다. 이것이 한 권의 서점이 지닌 매력이다. 매달 전시하는 책을 모두 사는 건 아니다. 윈도 너머 전시된 책이 취향에 맞을 것 같다는 판단이 들면 서점에 들어가고, 아니면 돌아선다. 한 권의 책만 파는 서점에 들어갈 때는 신중해야 한다. 보통의 서점이라면 여러 권의 책 중에서 읽고 싶은 책을 고르면 되지만, 이곳에는 한 권밖에 없으니 일단 들어가면 무조건, 흔쾌히 책을 사 들고 나온다. 내게 나쁜 책은 없으니까. 흥미로운 책이거나 아니거나 둘 중의 하나일 뿐이라는 생각으로 책을 바라본다. 책을 대하는 나의 애티튜드는 이러하다. 이달의 책은 《편지 쓰는 법》이었다. "손편지의, 손편지에 의한, 손편지를 위한 이야기를 담은 책이라니, 어머 이건 사야 해." 그러고는 사 갖고 와서 금세 읽어 버렸다. 책의 저자는 연희동에서 '글월'이라는 편지 가게를 운영하면서 편지를 쓸 때 필요한 문구류와 펜팔 서비스를 하고 있다고 했다.

펜팔, penpal = penfriend! 펜팔은 1970년대 청소년들 사이에서 핫 트렌드로 떠오르고 있었고 그때 10대였던 나 역시 미국 일리노이 주에 사는 동갑내기 여학생과 10여 년간 수십 통의 편지를 쉼 없이 주고받았다. 새로 알게 된 건 반드시 한번은 시도해 보는 내 성격은 이미 그때부터 발현되었나 보다. 그때까지 나는 비행기를 한 번도 타 본 적이 없었기에, 내가 쓴 편지가 비행기를 타고 대륙을 넘나드는 것으로 대리만족했던 것 같다. 펜팔 때문에 문방구(그때 그 시절에는 문구점을 그렇게 추억 돋는 이름으로 불렀다)에 가서 온갖 무늬가 바탕에 인쇄된 편지지들을 색색으로 쟁여 두는 즐거움도 누렸다. 종이책으로 된 한영사전을 팔랑팔랑 넘겨 단어를 찾으며 되도 않는 영어 문장들을 연결해 편지를 썼다. 그러고는 최선을 다해 정성스럽게 편지지에 옮겨 적은 다음 한 달에 한 번씩 우체국에 가서 편지 무게에 해당하는 금액만큼의 우표를 붙이면 끝. 그 번거로운 과정을, 답장을 기다리는 그 오랜 시간을 견뎌 낸 덕분에 지금의 내가 영어번역가로 밥벌이의 즐거움을 누리고 있는 것일지도. 게다가 내 손으로 써 놓고도 못 알아먹는 손글씨인데 영어로 쓰면 꽤 괜찮아 보이니 여러모로 이득을 봤던 셈이다. 이 《편지 쓰는 법》을 읽고는 내 어린 날의 펜팔 추억이 방울방울 떠올랐다.

유리 천장을 통해 1년 내내 하늘이 보이는 에디션 덴마크.
(사진 제공: 에디션 덴마크)

서촌에서 북유럽 감성의 카페 분위기를 맛보고 싶다면? 그리고 어디에서도 마실 수 없는 상큼한 티를 원한다면! 에디션 덴마크 서촌 쇼룸은 카페를 겸해 덴마크의 테이블웨어와 소품 등을 판매하는 라이프스타일 편집숍이다. 덴마크 왕실차를 비롯한 각종 티 브랜드, 커피, 꿀 제품도 갖추고 있다. 매장에는 2인용 테이블 딱 두 개와 바 좌석 세 개, 벤치 두 개가 있어 자리를 잡기 어렵고, 오후 6시에 영업을 마치므로 운이 따라 줘야 덴마크 스타일 로스터리 원두로 내려 주는 드립 커피를 마실 수 있다. 크래커에 꿀과 크림치즈를 올린 꿀크래커는 꼭 먹어 봐야 한다. 이곳은 모든 게 덴마크 제품인데 크래커도 덴마크인의 솜씨일까? 평범한 크래커처럼 보이지만 파삭촉촉 식감이 색다르다.

여기서 판매하는 유리로 만든 손잡이 달린 티컵 겸용 티팟은 나의 취향저격 품목이다. 사용하기에 매우 편리한, 획기적인 거름망이 있어 찻잎을 넣고 우려낸 다음 찻물을 쉽게 걸러 낼 수 있게 만들어 주는 나의 애착 컵! 이걸 사용하게 되면서 아껴 사용하던 과거의 티팟은 친구에게 넘겨 새로이 사랑을 받을 수 있게 해 주었다. 그런데 에디션 덴마크에 들어설 때마다 뜬금없이 독일 시인 라이너 쿤체(Reiner Kunze, 1933~)의 시가 생각나는 건 왜일까?

> 들어오셔요, 벗어 놓으셔요 당신의 슬픔을.
> 여기서는 침묵하셔도 좋습니다.
>
> - 라이너 쿤체, 〈한 잔 재스민차에의 초대〉

서촌에는 당연히 서촌러, 그리고 서촌라이프가 있다. 그리고 서촌의, 서촌에 의한, 서촌을 위한 단 하나의 마을 미디어, '서촌라이프(Seochon Life)'도 있다. 서촌라이프는 서촌 소상공인들의 정착을 지원하는 (예비) 사회적 기업 로컬 루트(Local Root)의 김민하 대표가 운영하며, 인터넷 온라인 매거진 '서촌라이프 레터'를 발행한다. 김 대표는 학업을 위해 한국을 떠나 있던 기간을 제외한 모든 시간을 서촌에서 보낸 진정한 서촌러. 우리는 그녀가 운영하던 카페에서 784쪽 분량의 거작 《총 균 쇠》를 함께 읽으며 진한 우정을 나누었다.

코로나19로 한동안 만나지 못하는 동안 민하 씨는 카페 운영을 접고 서촌에서 새로운 일을 도모하고 있었다. 그것이 바로 서촌라이프였으니 어찌 아니 기쁘겠는가. 매장 인테리어를 시작할 때부터 문 여는 날을 기다리다 오픈 첫날 한달음에 달려갔다. 어찌나 민하 씨가 그리웠던지. (버선이 없어 '버선발 달리기'를 시전하지 못해 몹시 슬펐다.) 나의 취향에 완벽하게 들어맞는 미니멀한 매장 분위기에 취한 다음, 향수 한 병을 구매했다. 가장 마음에 들었던 품목은 패브릭으로 만든 '서촌을 담은 지도'였는데, 이 지도는 꼭 소장해야 한다. 세계적인 일러스트레이터이자 맵 메이커(map maker) 제니 스팍스와 서촌라이프가 협업해서 만든 지도다. 광목 위에 손으로 직접 그린 듯한 질감을 그대로 살린 인쇄 기술이 아주 고급진 느낌이다. 게다가 제니 스팍스와 아시아 지역의 첫 협업이라니 소장 욕구가 활활 불타오른다.

민하 씨에게는 자신이 운영하는 로컬 루트 활동을 통해 서촌이 단순히 '핫플'이 아니라 사람의 온정을 느낄 수 있는 '웜플'이 되는 데 기여하겠다는 포부가 있다. 웜플이라니, 이거 이거 너무 멋지지 않나요?

아, 그리고 우리 동네에서 내가 몹시, 아주, 가장 좋아하는 커뮤니티는 '서밥모', 서촌에서 밥 먹는 사람들 모임이다. 서촌라이프에서 서촌러들을 위해 운영하는 오픈 채팅방이 있어서 매일같이 밥 먹는 이야기만 나누는데도 참 따뜻하고 즐겁다.

'서촌스러움'은 '촌스러움'과는 거리가 멀다는 점, 서촌 여행을 계획하실 때 참조 바랍니다!

핫플보다 웜플! 서촌라이프는 사람의 온정이 느껴지는 서촌 동네를 지향하는 마을 미디어이자 작은 매장이다. (사진 제공: 서촌라이프)

눈과 나 사이에 에디션 덴마크가 있었다.
(사진 제공: 에디션 덴마크)

통인동

문화공간 이상의 집

예민한 천재 시인 이상이 그 짧았던 27년 생애의 대부분을 살았던 집.

나는 1920~30년대에 글을 쓴 한국의 작가들을 심하게 좋아한다. 특히 차도남 이미지의 이상(李箱)은 어린 날의 내가 초등학교 시절부터 지금까지 한결같이 지독하게 편애하는 작가다. 박제가 되어 버린 천재 작가, 나의 이상.

'책은 언제나 갑, 나는 평생 을'이었기에 킬리만자로의 하이에나처럼 늘 책을 찾아 헤맸던 내가 초등학교 4학년 때 마르고 닳도록 읽은 책들 중 가장 특별한 '신상'은 당시 대학교에 다니던 두 삼촌들의 대학교 교양국어 교재였다. 이 대목에서 탄자니아의 킬리만자로 산에 하이에나가 살고 있는지는 따져 묻지 마시기를! 그저 헤밍웨이의 작품 제목 〈킬리만자로의 눈〉과 1980년대에 조용필이 발표한 노래 제목 〈킬리만자로의 표범〉이 떠올라 합성한 문장일 뿐이므로 팩트 체크는 중지할 것을 권고하는 바임.

읽을 책이 없으면 두 삼촌이 사용하는 방에 들어가 책장에 있는 책들을 두루 섭렵하는 게 도서관의 존재를 몰랐던 초등학생 '어비블리포비아'의 일과였다. 그때 그 교양 국어 교재에서 이상을 처음 만났다. 〈날개〉를, 그리고 〈오감도〉의 "제1의아해가무섭다고그리오"를.

한국 근대문학의 셀럽이란 셀럽은 죄다 대학 교양 국어 책에서 머리를 맞대고 있으니 내 어찌 황홀하지 않을 수 있으랴. 마치 '인생공략집'이라도 되는 듯 거기에 수록된 단편소설들을 들이팠다. 그래서 대학교 입학을 앞두고 펜을 이리저리 굴리며 고심 끝에 내가 선택한 전공은 국어국문학이었던가. 가랑비에 옷 젖는 줄 모르게 그렇게 되어 버렸다.

서촌으로 이사 오기 전부터 통인동 154-10번지에 있는 '이상의 집'은 자주 갔더랬다. 경복궁역에서 통인시장을 가려면 반드시 거쳐 가야 하는, 나름 서촌의 메인스트림이라고 할 수 있는 골목에 있어서 눈에 쉽게 띄는 장소였기 때문이다. 다만 작고 평범한 외관에 별다른 표지가 없어, 처음 방문하는 사람이라면 한옥 지붕 바로 아래 걸린 현판을 발견하지 못하고 그냥 지나칠 수도 있다는 게 함정.

'이상의 집'에 소장된 이상의 초상화.

아들이 없던 큰아버지의 아들로 입양된 이상이 세 살부터 스물세 살까지 살았던 큰아버지의 집은 통인동 154번지였다. 부모, 가족과 떨어져 양자로 들어간 이상은 큰아버지가 새로 들인 후처(큰어머니)에게서 사랑을 받지 못했고, 이런 환경으로 일찍부터 우울과 외로움을 안고 자랄 수밖에 없었다. 큰어머니는 아들을 낳지 못해 구박을 받아 쌓이는 스트레스를 이상에게 풀었고, 그녀에게서 친아들이 태어나자 이상은 더 이상 관심의 대상이 아닌 존재가 되었다고 한다.*

큰아버지의 집터를 문화유산국민신탁에서 현대적으로 복원한 이상의 집은 이상을 기억하는 이들을 위해 열린 공간으로 운영하고 있어 입장료가 없다. 직원이나 도슨트가 있을 때는 기부금 함에 2천 원 이상의 현금을 넣고 커피와 티를 마셔도 되며, 서가에 배열된 이상의 책들을 읽어도 좋다.

막다른 골목**으로 질주하는 이상을 만날 수 있는 가장 빠른 방법은 아카이브를 모두 살펴보는 것이다. 한쪽 벽면 가득 진열된 아카이브는 이상의 작품과 그림(이상은 어렸을 때부터 그림에 재주가 있었고 화가가 되기를 희망했지만, '가난한 환쟁이'가 될 것을 우려한 큰아버지의 반대로 건축기사가 되었다), 도안 삽화, 편지의 스캔본을 연대순으로 분류한 것으로, 한꺼번에 모두 열람하는 것보다는 자주 들러 한 칸 한 칸 살펴보기를 권한다. 이상의 집에 들어가자마자 보이는 벽면의 커다란 철문을 당기면 작고 어두운 '이상의 방'도 있고, 1층 내부 유리문의 안쪽에 조성한 중정에는 이상의 흉상도 있다. 그리고 아카이브 벽면의 기둥에 걸린 아름다운 시절의 이상을 그린 초상화는 여타의 다른 사진들에 비해 '잘생김'이 잘 표현된 것 같아서 내가 많이 좋아한다. 그 초상화를 보기 위해 가히 '즐겨찾기'의 수준으로 그곳을 드나들었던 적도 있다. 옥인동으로 이사를 온 다음에는 같은 골목에 좋아하는 카페까지 생겨 이상의 집을 격하게 방문하는 관람객 1순위에 들었을 것 같다.

《오빠 이상, 누이 옥희》, 정철훈, 푸른역사, 2018.
*** 이상의 시 〈오감도〉 1~2연 참조.*
1연 十三人의兒孩가道路로疾走하오.
2연 (길은막다른골목이적당하오.)

'13인의 아해'처럼 도로를 질주하다 막다른 골목길에서 만난 이상의 얼굴.
'이상의 집' 마당을 지키는 흉상이다.

체부동

나의 한옥 옆
염상섭

옥인연립에 산 지 4년이 되자, 한옥에 살아 보고 싶다는 나의 오랜 로망이 슬쩍 고개를 들기 시작했다. 내가 기억하는 '한옥살이'의 경험은 1960년대 한정이다. ('한옥살이'에서 한 글자만 생략하면 '옥살이'가 되는군….) 그 이후로는 저층 아파트에서 고층 아파트로 갈아탔고, 그다음에는 고층 아파트에서 평수를 늘려 가며 이사를 했지만, 언젠가 때가 되면 마당 있는 집이나 한옥에 살아 봐야겠다는 생각이 늘 마음 한구석에 머물고 있었다. '어떤 일에 적절한 때'라는 말을 바로 '어떤 일이 하고 싶어질 때'라는 말의 동의어로 사용하는 나는 곧바로 한옥집을 알아보고 이사를 갔다. 체부동 한옥 골목으로.

수십 년 만에 두 발을 땅에 디딘 채로 이동할 수 있는 단층집에 기거하게 된 첫날의 감회는 정말이지 말로 형용할 수가 없다. 너무 진부하거나 상투적인 표현으로 들릴 확률 104퍼센트.* 밖으로 향하는 창문을 열어 두면, 동네 주민들이 지나며 두런두런 나누는 이야기들이 내 귀에 대고 곧바로 말하는 듯 생생하게 들려와 깜짝 놀라는 일도 많았다. 골목을 오가는 이웃들의 목소리를 필터링 없이 듣는 게 얼마 만인지.

마음에 드는 한옥을 잘 골랐다며 좋아했지만, 실제로 이사하고 가구 배치를 끝내자마자 단점들이 눈에 띄었다. 아파트와는 달리 베란다와 다용도실이 없어 수납공간이 부족했던 것이다. 세탁기를 설치하고 세탁물을 건조할 공간이 마땅치 않다는 점이 '한옥 불편 포인트'의 정점이었다. 그에 대한 해결책으로 보일러실에 조립식 수납장을 설치해 창고로 사용하고, 세탁기를 욕실에 밀어 넣은 다음 건조기를 별도로 구입해서 세탁기 위에 얹었다. 그렇게 해 놓고 보니 욕실에 들어갈 때마다 '빨래방'에 들어와 있는 기분이 들었지만 어쩌겠는가. 세탁기는 매일 돌려야 한다. 그렇다면 매일같이 거실에 빨래 건조대를 모시고 생활해야 한다는 얘긴데, 그건 좀 아니지 않나.

《뉴욕, 매혹당할 확률 104%》(전지영, 2005) 제목에서 가져옴.

새로 이사 간 집은 기와지붕을 이고 있으니 한옥인 건 분명했다. 그런데 대문을 열고 들어가면 현관부터는 완전 양옥이었다. 마당을 실내로 편입해서 거실 공간이 넓고 쾌적했다. 마당이 있던 자리를 기념하려고 그랬는지, 거실 천장 가운데에 천창을 만들어 놔서 조명을 켜지 않아도 하루 종일 밝았다. 거실 어느 각도에서든 하늘을 볼 수 있어서 마당이 없어도 아쉽지 않았고, 비 오는 날이면 실내에서 안전하게 비를 맞는 느낌을 즐길 수 있어서 분위기가 죽여줬다. 더구나 한옥의 예스러움을 한껏 즐기다가도 대문만 열고 나가면 지하철 경복궁역까지 도보로 3분이니 이보다 더 좋을 수는 없었다.

그리고 옆 골목인 체부동 106-1번지에는 고등학교 시절 흠모하던 국어선생님이 최초의 자연주의 소설 〈표본실의 청개구리〉를 소개하며 가장 좋아하는 작가라고 해서 덩달아 나도 좋아하게 된 염상섭이 살았던 집터가 있다. 염상섭은 체부동에서 태어났다. 그 집터에서 몇 집 건너가 바로 우리집이었다.

〈표본실의 청개구리〉를 작가가 청개구리 해부 경험이 없는 상태에서 썼다는 이야기는 나중에 대학생이 되어 전공수업에서 알게 됐다. 그렇다고 해서 그 작품의 주인공이 중학교 때 청개구리를 해부하던 장면의 생생한 묘사에 놀라고 어두운 분위기에 눌렸던 기억은 희석되지 않았다.

한국문학유산사업추진단 소속의 문학평론가와 교수 들이 기초 자료 조사를 하고 답사로 얻은 정보를 토대로 서울역사박물관이 소장한 서울 고지도와 비교해서 밝혀낸 염상섭의 집터에 대한 정보는 2022년에 처음 공개된 것으로, 아직 학계에 보고되지 않은 상태라고 했다. 지금은 빌라가 들어서 있으며, 염상섭의 흔적이 전혀 보존되어 있지 않아서 한 번 찾아가 보고는 발길을 돌렸다. 일부러 다시 갈 일은 없을 것 같다. 문인과 문학 유산 보존 정책에 대한 아쉬움이 해소되고 염상섭에 대한 나의 진심이 보상을 받게 되기 전까지는. 대신 나는 광화문을 지날 때 교보빌딩 정원의 염상섭 동상 벤치를 가끔 둘러보고 온다.

2년간 살았던 체부동 한옥 골목.

서촌에 거주하며 어려운 시기에도 한국문학의 위상을 높인 문인들로 염상섭, 이상, 그리고 윤동주 외에도 현진건이 있다. 2022년 말 청와대 춘추관에서 '이상, 염상섭, 현진건, 윤동주, 청와대를 거닐다' 전시가 열렸다. 전시는 염상섭의 대표작 《만세전》의 초판본, 윤동주의 《하늘과 바람과 별과 시》 초판본 등 한국 문학 희귀 자료들을 선보였고, 전시관 근처에 있는 근대 문인들의 집터와 문학관, 하숙집 등을 표시한 '서촌 문학지도'를 제공해 그들 문학 세계의 정취와 여운을 느낄 기회가 되었다.

서촌러 문학인들을 함께 아울러 '윤동주와 모-던 종로의 시인들'이라 일컫는 전시가 부암동 무계원에서 열린 적도 있다. 그 시인들을 한자리에 모아 누군가가 한 권의 책을 써 주면 좋겠다. 지금은 아쉬운 대로 윤동주의 몇 안 되는 수필 가운데 〈종시終始〉 전문을 구해서 읽어 보는 중이다.

누하동

일주일에 단 하루, 서촌의 따뜻한 스콘 가게

서촌에서 내 마음을 가장 따듯하게 덥혀 주는 공간 '39도 스콘'을 찾아가는 길은 아주 쉽다. 우리집에서 딱 5분만 걸어가면 된다. 일명 '스세권(스콘+역세권)'에 살고 있는 거다. 그리고 내게는 시간도 많다. 하지만 갓 구운 스콘과 홍차를 즐기는 건 일주일에 딱 하루만 가능하다. 그래서 나는 매주 토요일 오전 9시부터 오후 2시 사이에 누하동 173번지의 짙은 갈색 나무로 테두리를 두른 유리문을 열고 들어간다.

토요일에 스콘 가게를 열기 위해 매주 금요일에는 스콘을 반죽한다. 이때 39도 스콘의 주인장인 '스콘요정' 시연 씨가 제일 먼저 챙기는 준비물은 블루투스 스피커다. 앞치마와 머리 두건, 마스크(밀가루의 미세 분말 주의!)도 중요하지만 시연 씨가 힘든 반죽을 할 때 가장 힘이 되어 주는 건 가수 박효신의 노래이므로. 그러니 금요일 저녁에 우연히 가게 앞을 지나다 박효신의 노래에 맞춰 누군가 울부짖는 소리를 듣게 된다 해도 너무 놀라지는 마시기를. 스콘의, 스콘에 의한, 스콘을 위한 곳, 서촌으로 빵투어를 오는 사람들에게 자신 있게 자랑스럽게 소개하고 싶은 가게인 39도 스콘은 그동안 인터넷 주문과 부정기적인 팝업스토어를 통해서만 맛볼 수 있었다. 서촌에 로드숍 매장을 오픈한 건 지금으로부터 1년 전이고, 내가 누하동 옆 필운동으로 이사 온 것도 그때쯤이다. 그 이유만으로 39도 스콘의 주인장인 스콘요정 시연 씨와의 만남은 운명적인 거라며 친구 되기를 강요했던 나. 왜 그랬을까. 가게가 너무 예쁘고 스콘이 진짜 맛있어서 친해지고 싶어서 그랬지 뭐. 내가 원래 처음 만난 사람과도 10년은 사귄 듯 편안하게 담을 허물고 훅 치고 들어가는 성격인 탓도 있지만, 중요한 건 스콘이 맛있어서 그랬다는 것. 버터를 넣지 않았는데도 버터가 배제된 베이킹 음식을 대할 때의 슬픔을 느낄 겨를이 없는 수제 스콘. 새우깡도 아닌데 자꾸만 손이 가는 따뜻한 스콘이 거기 있는 바람에 그렇게 된 걸로.

가게 이름에 포함된 '39도'는 어떤 의미를 지닌 숫자일까. 무엇이든 궁금하면 고민하지 말고 곧바로 물어봐야 한다. 그래서 40도가 적당한 목욕물의 온도라는 건 아는데, 거기서 1도를 뺀 39도는 대체 무엇인가요? 물었더니 아기가 목욕할 때 가장 따뜻하게 느끼는 온도가 39도라는 답이 돌아왔다. 으음, 물어보지 않았다면 혼자서는 절대 이 숫자의 신비를 풀지 못할 뻔했다.

두 아이를 키우며 자신만의 속도로 일해 나가기 위해 일주일에 하루만 매장을 운영하는 시연 씨에게 일주일에 하루는 나와 함께 일본어 원서를 읽자며 나는 오늘도 낚싯대를 드리우다 왔다.

스콘요정 시연 씨가 꼽는 서촌의 장점은 무엇일까? 서촌에서 스콘 가게를 운영하면서 자영업자의 관점에서 발견한 특이점 같은 것이 있을까 궁금해서 직접 물어보았다.

"물건은 만지면 만질수록, 사용하면 할수록 낡고 닳잖아요. 세월의 흔적이 고스란히 묻어 있는 물건들을 보면 '이 물건의 주인이 얼마나 아끼고 사랑했으면 이렇게 손때가 탔을까…' 생각합니다. 제가 서촌을 사랑하게 된 것도 같은 이유인 것 같아요. 골목의 오래된 집집마다 주인의 다정한 손길이 느껴지는 동네. 낡았지만 어설프지 않은, 오래된 정겨움이 있는 곳. 서촌은 바로 그런 곳이거든요."

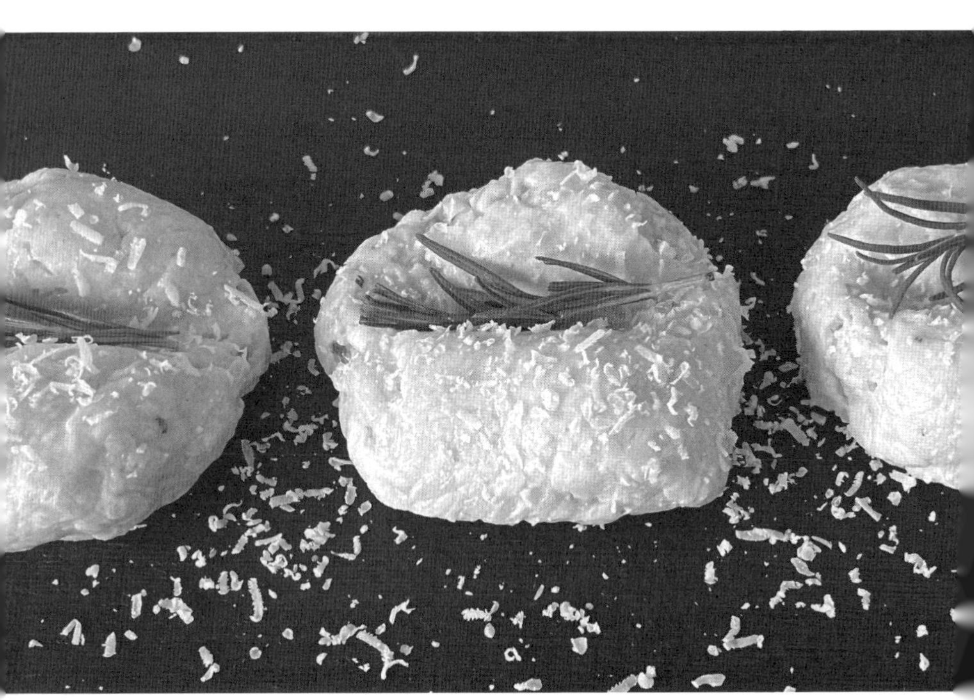

알맞게 따뜻한 가게, 39도 스콘.
(사진 제공: 39도 스콘)

나만의 시크릿 가든

공원 찬가

경복궁을 중심으로 세종로 일대에는 한글을 기리는 공간이 많다. 특히 한글가온길은 그 중심이며, 주로 세종대왕과 한글학자 주시경과 관련된 장소들이다. 명예의 전당이 있다면 내가 가장 높은 곳에 모셔 두고 싶은 그분, 세종대왕 동상이 세워진 광화문 광장 지하에는 '세종 이야기 전시관'도 있다. 바로 옆 블록에는 한글회관 등 한글에 관련한 장소들이 많아서 이곳저곳 보물찾기하듯 둘러보면 좋다. 그림 설명으로 만든 '한글 이야기 10 마당' 벽화가 이어진 길도 있는데, 그중 내 눈을 사로잡은 내용은 중국어 실력이 뛰어나 중국인에게 한글을 가르쳤다는 중종-명종 시기의 역관 주양우 이야기였다. 외국인에게 한글을 가르친 선구자 되시겠다.

'나랏말싸미 듕귁에 달아 문자와로 서르 사맛디 아니할쎄…'로 시작하는 훈민정음 언해본 서문은 국어국문학과 전공수업을 받을 때 감동에 겨워 줄줄 외웠던 까닭에 지금도 잊히지 않는다. 독서생활자인 내가 세종대왕을 연모하고 추앙하는 마음을 지니게 된 건 전적으로 훈민정음 서문 덕분이다. 서촌과 광화문을 오갈 때는 나의 최애 시크릿 가든 세 개를 통과해서 걷기를 좋아하는데 그중 두 곳이 한글의 역사를 담고 있다.

하나는 한글학자 주시경의 집터에 조성한 '주시경마당', 다른 하나는 세종로 공영주차장 뒤편의 광화문광장 관리 창고 옆에 자리한 '세종로공원'이다. 세종로공원에는 조선어학회 한말글 수호기념탑과 조선어학회 한말글 수호 투쟁기 조형물이 있다. 두 공원 모두 사람들의 발길이 잘 닿지 않는 은밀한 위치에 있는 데다가, 벤치 서너 개가 놓인 작은 규모의 장소들이어서 한적하기가 이를 데 없다. 이 공간에 잠시 앉아 책을 읽으면 우리말과 글을 향한 나의 넘치는 사랑, 그리고 세종대왕에 대한 감사의 마음이 더욱 짙어진다.

세 번째 공원은 '언더우드공원'이다. 새문안교회* 건물 정면의 오른쪽을 보면 몇십 년 동안 한 자리를 지켜 온 중국요릿집 산동(山東)이 있는데, 교회와 산동 사이의 아주 좁은 골목이 끝나는 곳에 있다. 공원 이름을 알 수 없어서 내가 임시로 '언더우드공원'이라는 이름을 붙여 줬다. 공원 화단에 서 있는 나무 앞에

** 새문안교회는 1885년 입국한 언더우드 선교사가 예배당을 짓고 당회를 구성해 우리나라 최초의 조직교회가 되었다. 새문안교회가 '한국 교회의 어머니'라고 불리는 이유다.*

'언더우드 나무 2세'라는 이름이 적힌 표지판이 있기 때문이다. 그 나무의 수종은 둥근잎 느티나무라고 했다. 언더우드 선교사가 선교활동을 시작하며 첫 예배를 드렸다는 새문안교회 옆에 바짝 붙어 있으니 새문안교회 공원이라고 불러야 하려나. 이름도 모르는 공원을 나의 시크릿 가든이라고 하기는 싫어서 결국 새문안교회에 가서 물어봤다. 결론은 공원 이름은 '아무도 모른다'는 것. 새문안교회를 재건축하면서 교회에서 조성한 공원인 건 맞는데 기부채납* 형식으로 지자체에 기부를 했다고 한다. 그러니 마음대로 멋대로 내가 붙인 이름 그대로 '언더우드공원'으로 부르겠다. 내가 각인한 공원이니까.

광화문 씨네큐브 극장에서 영화를 본 다음 서촌으로 가려면 횡단보도를 건너 한글회관 방향으로 가거나, 구세군회관 옆 골목을 지나 성곡미술관 방향으로 갈 수 있지만 나는 주로 언더우드공원을 통과해서 간다. 공원 진입로가 막다른 골목처럼 보이므로 이 부근 지리를 모르는 사람들은 잘 다니지 않아 매우 한적해서 내가 높은 별점을 매겨 놨다.

세 개의 공원은 주시경마당을 중심으로 모두 5분 이내에 닿을 수 있는 거리에 있어서 마음만 먹으면 하루에 몇 번이라도 오갈 수 있다. B612 행성에 사는 어린 왕자는 마음 쓸쓸한 날이면 하루에 마흔네 번이나 해넘이를 보았다던가.** 날씨 좋은 오후에 가벼운 책을 한 권 들고 나가서 공원들 사이를 오가며 읽으면 해가 지기 전까지 한 권을 다 끝낼 수도 있다. 내가 책을 읽는 동안에는 다른 시간, 다른 장소에 있어도 그곳이 바로 나의 B612행성이다. 공원에서 책읽기를 좋아하는 내게 공원이 많은 동네는 사랑이지 말입니다.

국가나 지방 자치 단체가 기반 시설을 확충하기 위하여 사업 시행자로부터 재산을 무상으로 받아들이는 일. 사업 시행자는 이후 용적률, 건물 층수 등의 혜택을 받음.

***《어린 왕자》의 프랑스어 원서 6장에는 해넘이를 43번 보는 것으로, 10장에는 44번 보는 것으로 되어 있으나 일부 프랑스어판과 대부분의 영어판, 한글판은 44번으로 통일해 적고 있다.*

아무도 다니지 않는 길, 혼자만 아는 길을 걸을 때면 내가 그 길의 소유자처럼 느껴져서 좋다. '경희궁의 아침' 아파트 단지들 사이에도 손바닥만 한 공원이 두 개쯤 더 있는데 그 공원들 역시 막다른 골목처럼 보이는 골목 안쪽에 있어 사람들이 없으니 마치 내 것인 양 느긋하게 드나드는 즐거움이 있다. 아, 경복궁 돌담길 건너편의 서촌 통의동 마을마당은 예쁘면서도 이용자가 많지 않아 매력 터진다. 이 작은 장소는 저절로 지켜지지 않았는데, 서촌의 건축가 황두진이 《공원 사수 대작전》에 자세히 기록해 두었다. 그리고 공원에 비치된 하얀색 철제의자는 놀랍게도 미국의 놀(Knoll) 제품인 '하리 베르토이아'라는 최고급 야외용 의자다!

내 인생의 북촌 방향 1

북촌 하면 정독도서관

'우리는 우리가 읽는 것으로 만들어진다.' 독일의 소설가 마르틴 발저(Martin Walser)의 말이다. 그는 '뒷면이 없는 앞면은 가짜다.'라는 말도 했다. 아, 훌륭한 말들은 먼저 태어난 선배님들이 이미 선점해 버렸으니 내가 멋진 말을 내놓을 기회와 확률은 점점 줄어든다. 예의와 개념을 탑재한 후배로서 그분들이 걷는 길을 따라 뒤에서 조용히 걸어가는 게 최선이다. 그러다 보니 도서관으로 가는 길목에 멈춰 섰다가 사서가 되었고, 어느 날 정독도서관으로 발령이 났다. 남산도서관에서 근무하는 것도 멋졌지만, 정독도서관이야말로 '내 인생의 도서관'이다. 북촌이 아닌 곳에서의 정독도서관은 상상할 수 없고, 정독도서관이 없는 북촌은 상상하고 싶지도 않다. 정독도서관에 대한 넘치는 애정으로 도서관 건물에 들어설 때마다 늘 정신이 혼미해지곤 했지만, 사실은 50만 권이 넘는 소장도서에 대한 흥분이 더 컸다.

북촌에서, 아니 정독도서관에서 직장생활을 하면 삼청동, 계동, 가회동, 안국동을 매일매일 아침저녁으로, 아니 점심시간까지 하루 종일 눈에 담을 수 있다. 서촌에 살고 있으니 아침에는 청와대에서 팔판동을 거쳐 걸어서 출근했다. 아침 7~8시에는 그 길에 사람이 거의 없어서 책을 읽으며 걷는다. 최단 루트를 잡아, 책을 읽지 않는 상태로 걸음을 빨리하면 옥인연립에서 정독도서관까지 딱 27분이 걸리지만, 책을 읽거나 온갖 볼거리들을 탐색하며 걸으면 45분, 혹은 1시간 이상이 소요될 때도 있다. 정시 출근이 아니라 1시간 전에 도착하는 걸 좋아해서 시간은 언제나 넉넉한 편.

출근길에 옥인연립에서 정독도서관으로 가려면 세 개의 신호등을 거쳐야 한다. 차량 통행이 많아 번잡한 도로를 지날 때는 신경을 써서 건너지만, 몇 백 미터 앞뒤로 나 외에는 아무도 없는 텅 빈 청와대 앞 건널목 앞에서는 책을 읽느라 건너는 타이밍을 놓치기 일쑤였다. 그럴 때면 도로에 일정한 간격으로 배치돼 청와대 주변 경비를 맡고 있는 젊은이들이 작은 목소리로 뒤에서 알려 주곤 했다. "지금 파란불 켜졌어요. 건너가셔야죠." 매일 아침 일정한 시간에 책을 읽으며 그 길을 지나는 사람이 나밖에 없어서 그런가.

책을 좋아하는 사람들과 이야기를 나눌 때, 정독도서관을 화제로 꺼내면 거의 모든 사람들이 호의적인 반응을 보인다. 정독도서관에 대한 추억을 한두 가지씩 주섬주섬 꺼내는 걸 보면 '북촌의 중심은 정독도서관'이라는 생각에 무게가 실린다. 아직 정독도서관에 가 본 적이 없는 사람들도 한 번이라도 간다면 미래의 정기 이용자가 될 확률이 높다. 정독도서관을 안 가 봤으면 모를까, 일단 가서 보고 나면 한 번만 가는 사람은 없을 거라는 쪽에 한 표!

나와 정독도서관의 인연은 제법 견고하고 깊다. 정독도서관에 부지를 물려주고 1976년 청담동으로 이전한 경기고등학교 신문반 엘리트(?) 남학생들과 내가 다니던 이화여고 여학생들이 학교에서 인정하는 교외 독서클럽을 함께하며 1970년대를 보냈던 것. 1977년 2월의 어느 날, 졸업식을 마친 경기고등학교 남자 사람 친구들과 옛 교사(校舍)인 정독도서관 앞에서 만나 저녁 식사를 하러 갔던 기억도 남아 있다. 경기고등학교 건물은 1938년 당시 최고의 기술로 지은 건물이며 교사 자체가 국가등록문화재(제2호)로 지정되어 있어서 건물을 보수하거나 외벽을 도색할 때 문화재청의 관리를 받는다.

정독도서관에서 처음 근무하게 되었을 때, 첫날부터 북촌에서 살고 싶다는 생각에 정신을 차릴 수가 없었다. 그것도 한옥에서! 한옥이 아니면 마치 북촌에서 사는 의미가 하나도 없다는 생각이 들 정도로 북촌과 한옥이 미치도록 좋았다. 그래서 점심시간과 퇴근 후의 시간을 할애해서 북촌의 부동산중개인들을 괴롭혀 가며 한옥만 집중적으로 보러 다니기 시작했다. 그런데 그때는 이미 북촌의 주택 가격이 너무 오른 데다가, 가뜩이나 매물이 귀한 한옥에 대한 수요가 많아서 남아 있는 한옥은 전면 수리가 필요한 아주 낡은 것들이었다. 아무리 한옥이 좋다 해도 일반 주택에 비해 터무니없이 비싼 가격으로 사기는 싫었고, 낡은 집을 사서 고쳐 짓는 데 필요한 1년 이상의 시간을 성미 급한 내가 견뎌 내는 건 무리였다.

정독도서관 1동과 2동을 잇는 통로.
경기고등학교 당시 1, 2, 3학년이 각각 1, 2, 3동을 사용했다.

그때 마지막으로 집 구경을 하러 갔던 북촌의 한옥은 중앙고등학교 근처, 지금의 '비화림 서점'* 맞은편에 있는 집이었다. 위치도 마음에 들었고, 가격도 적절했다. 그런데 우리 가족 수에 비해 방이 하나 모자랐다! 매물로 나온 집들 중에서 내가 이상적으로 생각하는 조건에 맞는 집은 없다는 결론을 내리고 그 자리에서 바로 북촌의 한옥에서 살아 보고 싶다는 로망을 급하게 접었다. 북촌과 한옥에 대한 마음도 급속 냉각됐다. 그리고 얼마간의 시간이 흐른 후, 《낭만서촌》이 나를 서촌으로 불렀던 것. 사실 내게 돈이 엄청 많았다면 원하는 지역에 살고 싶은 가옥의 형태를 결정할 수 있었을 것이다. 그러므로 내가 북촌의 멋진 한옥에 못 사는 이유는 가진 게 없어서였다는 사실을 쿨하게 인정할 수밖에 없다.

** 祕花林. '비밀의 숲'이라는 의미를 지닌 상호. 종로구 계동 2-126에 있다.*

○ 내 인생의 북촌 방향 2 ○

아라리오뮤지엄과 아라리오갤러리

정독도서관 다음으로 내가 아끼는 북촌은 20대의 내가 사랑스러운 눈으로 바라봤던 원서동의 옛 '공간사옥' 건물로 현대미술 전시관인 '아라리오뮤지엄 인 스페이스'다. 옛 공간사옥은 한국 현대건축 1세대 김수근(1931~1986)이 설계해 1977년 완공한 건물이다. 건축 설계사 사무실로 지은 건물이어서 다른 미술관에 비해 전시공간이 좁게 느껴질 수도 있지만, 나는 이를 '낯설게 하기' 방식으로 이해하며 더 흥미롭게 여기기로 했다. 뮤지엄 공간으로 바뀌기 이전에는 오가는 길에 보이는 건물 외벽의 담쟁이덩굴을 좋아했더랬다. 가만히 바라보고 있으면 녹지 공간이 무한 증식하는 듯한 착시현상(?)을 즐겼던 것. 지금은 내가 각별하게 생각하는 영국 미술가 마크 퀸(Marc Quinn)의 작품 〈셀프Self〉가 보고 싶을 때 뮤지엄을 찾는다.

마크 퀸을 처음 알게 된 건 100여 개 조각으로 파편화된 운동화를 복원해 나가는 미술품 복원 전문가를 등장시킨 소설가 김숨의 《L의 운동화》 앵시피트(les incipit, 글의 첫 문장)에서였다. 책의 첫 문장, 작품과의 첫 만남에서 받은 첫인상이 강렬하면 관심이 좀 더 오래 지속된다.

> 마크 퀸은 자화상들을 자신의 피로 만들었다. 그는 5년 동안 꾸준히 피를 뽑아 인간의 총 혈액량인 4.5리터가 모아지면 그것으로 자화상 〈셀프〉를 제작했다. 자신의 두상을 모형으로 한 석고 거푸집에 피를 부은 뒤 응고시켜 완성한 그 작품들 (중략) 연작인 자화상들이 렘브란트의 자화상처럼 자신의 '삶'으로부터 오는 것이기를 바란다고, 그는 말했다던가.
>
> \- 김숨 소설 《L의 운동화》 첫 문장

그래서 마크 퀸의 자화상 〈셀프〉를 처음 만나러 갔던 곳이 바로 아라리오뮤지엄이었다. 작가 자신의 피를 뽑아 만든 작품이라는 걸 알고 미리 마음의 준비를 하고 갔음에도 불구하고, 실제로 가까운 거리에서 퀸의 얼굴을 대면하던 순간의 충격은 예상보다 컸다. 책에 쓰인 글귀에 의지해서만 기억하고 있었던 퀸의 작품은 그때 비로소 실재하는 대상이 되었다. 미술작품 앞에 멈추어 선 발길이 떨어지지 않는 경험을 해 본 것도 그날이 처음이었다. 갑작스럽게 맞닥뜨린 것도 아닌데 이토록 잊을 수 없는 얼굴이라니.

투명한 유리 상자 속 붉은 색의 〈셀프〉에서 받은 첫인상은 어두운 공간에 어울리는 작품이라는 점이었다. 그리고 관객(관람객)의 시선과 감정까지 의식한 노련한 시노그라퍼(scenographer)가 만든 무대 세트가 떠올랐다. 작품이 난해하지도 않으며 오히려 정직하다. 작가의 얼굴을 고스란히 옮겨 놓았으니까. 다만 '피'라는 소재에서 연상되는 폭력성이 〈셀프〉를 외롭게 만든다. 게다가 특수 냉각장치가 돌아가는 냉동고에서 365일 내내 차갑게 지내야만 한다. 하지만 마크 퀸이 이 작품을 통해 나에게 불러일으킨 반응만큼은 매우 뜨거웠다. 그리고 액체가 움직임(에너지/활동성)을 잃고 고체가 되는 응고 과정을 거치면 안정적인 상태가 된다는 역설적인 깨달음도 얻었다.

퀸은 5년에 한 번꼴로 〈셀프〉를 제작했고, 전 세계에 다섯 점이 존재했는데 그중 한 작품은 청소부가 실수로 냉동고의 전원 코드를 뽑는 바람에 피가 녹아내려 훼손되었고, 아라리오뮤지엄에는 세 번째 작품이 소장되어 있다. 훼손된 자화상은 나중에 복원되었다. 녹았다가 응고된 흔적들을 아물지 않은 흉터처럼 고스란히 간직한 상태로. 마크 퀸이 삶과 죽음 가운데 어느 쪽에 더 무게를 두었는지 그에게 묻지 않아도 우리는 이미 답을 알고 있다. 그에게는 삶이 있으니까.

아라리오뮤지엄에 갈 때는 12년의 공사 기간을 거쳐 90년 만에 옛길을 되살려 만든 창경궁-종묘 사이의 궁궐 담장길을 산책하는 경험도 누릴 수 있다. 아라리오뮤지엄을 좋아하다 보니 무료입장의 기회를 놓치지 않으려고 아라리오뮤지엄의 '글로 쓰는 현대미술' 강좌를 수강했던 적도 있다. '디스커버리 레코드'*라는 이름의 프로그램이었는데, 수강생에게는 한 달 동안 뮤지엄 및 갤러리(서울, 천안, 제주) 무제한, 무료입장 혜택이 주어졌다.

** 내가 디스커버리 레코드의 1기 수강생이었고, 매년 기수별로 열 명을 선발해서 교육하는데 3기까지 수업이 이어지다 코로나19 이후 중단되었다.*

"모든 관계가 균형을 이루면 이 건물은 해체될 것이다."(리엄 길릭)
아라리오뮤지엄과 갤러리의 독특한 건축 구조를 표현한 듯한 문장이다.

담쟁이 덩굴로 뒤덮인 '공간' 건축사무소의 옛 모습이 살아 있는, 지금은 아라리오뮤지엄.

정독도서관 근처 소격동에 있던 '아라리오갤러리 서울'도 아라리오뮤지엄
옆 부지로 옮겨와 1년의 정비 기간을 거쳐 2022년 초에 다시 문을 열었다.
뮤지엄과 갤러리가 함께 있으니 기쁨 두 배!

아라리오갤러리의 리모델링은 일본 건축가 나가사카 조가 맡았다고 한다.
그는 커피업계의 애플로 불리는 카페 블루보틀의 건축 디자이너로 유명하다.
그래서인지 도쿄 여행 중 카페투어를 위해 찾아갔던 아시아 최초, 일본 최초의
블루보틀 1호점인 기요스미 시라카와(清澄白河)점에서 보낸 '커피의 시간'이
저절로 소환되는 건 온전히 내게만 한정된 즐거움이다.

서촌, 집으로 가는 길

내 인생의 벨 에포크(Belle Époque, 아름다운 시절)는 언제였을까. 묻.따.말. 대학교 시절인 거다. 예순 살이 넘어 일흔 살 쪽으로 가까워지는 나이가 된 지금도 내 안에는 여전히 대학을 다니던 시기의 나를 그리워하는 내가 들어 있다. 그래서인가, 스무 살에 그랬던 것처럼 호기심이 생기기만 하면 호기롭게 득달같이 새로운 일을 하겠다고 덤벼드는 나. 가벼워도 너무 가볍다. 그래서 나는 매년 봄부터, 아니 1년 내내 밀란 쿤데라의 《참을 수 없는 존재의 가벼움》을 나를 위한 테마 도서로 선정하는 데 주저함이 없었나 보다. 이토록 가벼운 인격체인 나머지 파트리크 쥐스킨트의 《깊이에의 강요》를 감동적으로 읽었으면서도 결코 추천 도서 목록에 올릴 수 없었던 것이었던 것이다. 그런 까닭으로 내가 살아 보고 싶었던 동네 1순위는 내가 다니던 대학교가 자리잡고 있는 대학로/명륜동/성북동/혜화동 거리였다. 그런데 결혼과 함께 독립을 하면서 깃들어 살게 된 첫 주거지는 '어쩌다 잠실'이 되어 버렸다. 그때는 잠실이 '강남 8학군'(추억 돋는 전문 용어!)에 속하던 지역이었다. 참교육의 자질이 없는 부모가 귀가 얇으면 이렇게 된다. 더구나 쾌적한 주거지로 새롭게 떠오르던 곳이었기에 새로움을 추구하는 나로서는 그 동네의 존재 자체가 저항할 수 없는 매력덩어리로 보였다. 미지의 세계를 향한 끌림은 누구에게나 조금씩은 있지 않나. (그래요, 저는 새로운 것에 대한 '항마력 제로'의 인간형임을 여기서 다시 한 번 밝히는 바입니다. 항마(降魔)는 석가모니가 깨달음을 얻는 과정에서 유래한 단어인데 여기서 이렇게 소환해 버리고 말았다.)

두 아이를 키우는 동안 한강의 남쪽을 벗어나지 못하다가 서촌으로 옮겨와 보니, 아! 나의 그리운 캠퍼스 타운이 지척에 있지 뭔가. 그때부터 부지런히 대학로 인근에 서식지를 구축하기 시작했다. 서점, 식당, 카페 등등… 나의 헤어스타일을 책임지는 명륜동 미용실의 헤어드레서는 심지어 나와 같은 동네에 사는 서촌러였다. 그리고 같은 출판사에서 책을 내며 알게 된 김민경 작가와 책 모임을 만들어 그녀의 성북동 작업실 '마미공방'에서 일주일에 한 번씩 책을 읽는 중이다. 서촌에서 성북동을 오가는 길에는 내가 좋아하는 건물들이 모여 있어서 날씨와 시간이 허락되는 날에는 걸어 다닌다. 성북동에서 혜화동을 지나 명륜동을 거쳐 세 개의 궁궐(창덕궁, 창경궁, 경복궁)을 차례로 지나면 우리 동네, 우리집이다.

어느 동네에 사는지 내게 묻는 이가 있으면 일단 "경복궁에 산다."고 알려 준다. "서촌이요."라고 말해 주면 "서초동요?"라고 되묻는 사람이 제법 있기 때문이다. "경복궁에 산다."는 말을 할 때는 "경복궁에 살고 있다니, 그럼 왕족인가 봐요?"라고 아재 개그를 시전하는 이가 있기를 은근 기대하는 마음을 담아서 경.복.궁.이라고 힘주어 발음하기도 한다. (직업으로 번역을 하고 있으니 중인쯤 되는 것 같사옵니다!)

물소리가 유명한 계곡 수성동(水聲洞).

○ 심혜경의 ○ 서촌 문답

Q.

북촌과 서촌을 두루 경험하셨습니다. 북촌에 이어 서촌이 새롭게 조명되고 특히 젊은층이 좋아하는 곳이 된 이유는 뭘까요?

A.

저에게 있어서 북촌과 서촌에서 보낸 시간의 교집합은 '무조건 좋다' 입니다. 사랑하는 데 무슨 이유가 필요 없는 것과 같은 거죠. 지나치게 주관적인 견해라고 해도 저로서는 달리 대답할 말을 찾지 못하겠습니다. 두 곳 모두 서울 시내 중심가에 위치하고 있으면서도 한옥이 많고 옛 골목의 정취를 느낄 수 있다는 점에서 무척 매력적이죠.

북촌과 서촌은 지척에 있으면서도 그 분위기가 무척 다르게 느껴집니다. 제 생각에는 북촌이 좀 더 세련되었다고나 할까요. 반면, 서촌은 소박하고 친근한 느낌을 줍니다. 위압적인 규모의 건축물이 없어서 그런 것 같아요. 서촌 어디서나 아름다운 하늘이 보입니다. 골목을 벗어나면 어디에서나 인왕산이 보입니다. 도심의 삶을 누리면서 시야가 트인 곳을 원한다면 서촌을 추천합니다. 젊은층이 좋아하게 된 이유를 찾아 보려다가… 북촌이나 서촌에서의 '한 달 살기'를 실행해 보고 직접 느껴 보시기 바랍니다.

Q.
집을 좁혀 살기의 기쁨과 슬픔에는 무엇이 있을까요?

A.
아파트에 거주할 때는 평수를 늘려 이사를 하는 일이 자연스럽게 보였어요. 그래서 힘닿는 대로 노력해서 20평대, 30평대, 40평대로 에스컬레이터 갈아타듯 몇 년에 한 번씩 이사를 다녔습니다. '다른 사람들과 다르게 살면 안 된다'는 생각이 알게 모르게 마음속에 자리 잡고 있었기 때문이었을 거예요. 타인의 시선을 의식하며 행동하는 경향을 또래 압력(同調壓力, Peer Pressure)이라고 하더군요. 다른 사람과 다르게 살아 보려는 첫 번째 시도가 바로 '집의 평수를 줄여 살아 보기'였어요. 커다란 집으로 옮기는 것보다 작은 집으로 이사 가는 일이 훨씬 수월하잖아요. 작은 집에 살아 보니 가족들이 복닥거리며 생활해야 하는 불편을 감수해야 하는 것이 약간 슬펐습니다만, 넓은 공간을 관리하면서 '잃어버리는 시간'을 되찾게 되어서 좋았습니다. 큰 집을 유지하기 위해 지출하던 관리비도 줄어들었죠.

Q.
혜경 님의 취향과 의지로 주거지와 형태가 결정된 것처럼 보입니다. 다른 가족들 의견은?

A.
가족들의 전폭적인 지지(?)에 힘입어 서촌에 무혈 입성했습니다. 남편과 딸, 아들 모두 수성동 계곡 공원에 안기다시피 들어앉은 옥인연립의 매력에 저항하기 어렵지 않았을까요? 내가 그랬던 것처럼요!

Q.
북촌과 서촌 이외에 서울에서 호기심이나 애정을 품으신 다른 동네가 있나요?

A.
대학로를 감싸고 있는 명륜동, 성북동, 혜화동을 많이 좋아합니다. 대학교와 대학원에 다녔던 6년 동안 내가 성장하는 모습을 지켜봐 준 동네거든요. 지금은 서촌에 살고 있지만, 한 번쯤은 그쪽 동네에서 살아 보고 싶습니다.

Q.

30년쯤 뒤, 북촌과 서촌은 어떤 모습일까요? 예상하시는 모습이나 바람이 있다면?

A.

30년이 지난 다음의 북촌과 서촌에 대해서는 한 번도 생각해 본 적이 없네요. 현재의 모습 그대로 변치 않기를 바라는 마음입니다. 하지만 역사적인 가치가 있는 장소를 새로 발견했다거나, 의미 있는 예전의 모습으로 복원시키기 위한 변화는 언제든 환영!

Q.

서촌 7년 차로 지내면서 크게 느껴지신 변화가 있었다면?

A.

2016년부터 서촌에 살기 시작했는데, 아직까지 크게 달라진 점이 없는 것 같습니다. 제가 애정하는 장소들 대부분이 그대로 남아 있어서 그렇게 느껴지는 것일 수도 있어요. 북촌에 비해 변화의 폭이 크지 않은 것 같아요. 코로나19로 폐업하거나 업종을 변경한 가게들이 있기는 합니다. 아, 그러고 보니 얼마 전에 단골 세탁소가 없어지고 그 자리에 새로운 식당이 생겼습니다. 남편이 세탁소 아저씨를 동네에서 우연히 뵙게 됐는데, 나이가 들어 이제는 쉬고 싶어서 그만두신 거라고 말씀하셨다네요. 다행이라고 생각했어요. 혹시 젠트리피케이션 문제로 세탁소를 접으신 걸까, 살짝 걱정했거든요. 그래서 이제 세탁물을 맡기려면 통인시장 근처의 세탁소까지 조금 더 많이 걸어가야 합니다.

ㅇ

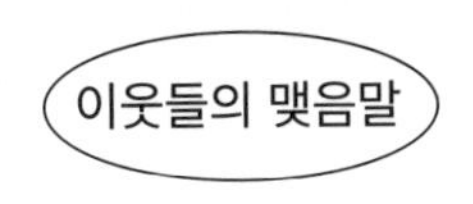

◇☆○

'집'들이 있는 옛날 동네. 넓으나 좁으나 마당이 있고, 꽃밭이 있고, 저마다 지붕이 있고 처마가 있고 나지막이 창문이 있고, 그 창들이 내다보는 골목이 있는 옛날 동네. 5월의 어느 날엔 길을 가다가 담장에 늘어진 장미 덩굴에 발을 멈추고, 원초적 향수랄까, 문득 잊었던 행복감이 밀려와 가슴이 욱신거리게 되는 옛날 동네.
이 동네는 이래서 좋고 저 동네는 저래서 좋고 그 동네는 그래서 좋다는, 내 친구 심혜경은 옛날 동네 박애주의자다. 그러했던 그가 지금 저 사는 동네를 "어디서나 마음의 품격을 유지할 수 있는 유일한 동네"라고, 자기와 동감인 이웃 둘과 함께 동네 자랑 동네 사랑이 담긴 청첩장을 돌린다. 그들의 단아한 삶이 부럽기도 하다. 취향과 소신이 강한 그들이 살고 싶은 대로, 사는 것처럼 살려고 선택한 동네라니. 내 친구의 동네는 어떤 덴가? 내 친구의 집은 내 삶의 어디쯤인가. (황인숙, 해방촌의 시인)

꿈을 현실로 만든 아름답고 용감한 사람들, 그들이 주는 잔잔한 감동에 젖는다! (조은, 서촌의 시인)

이 책에 담긴 북촌, 서촌 생활 이야기에서 나의 해방촌살이와 닮은 점들을 엿볼 수 있다. 북촌, 서촌과 해방촌은 무척 다른 동네지만, 서울의 번잡함과 빠른 속도에서 벗어나 온전히 마음 누일 수 있는 동네에 집을 둔다는 것은 스스로를 안심시키는 일일 것이다.
안주하지 않고 변화를 추구하며 남과 다른 시도에 주저하지 않는 이들의 이야기를 읽으며 내 삶에서 가장 중요한 가치가 무엇인지 다시금 생각해 본다. 매력적이면서도 현실적인 북촌, 서촌살이를 들여다보며 내 인생의 방향을 덩달아 점검해 보게 된다. (차경희, 해방촌 서점 고요서사에서)

◇☆○

광화문 지하철역에서 내려 경복궁을 가로질러 서촌에 위치한 갤러리로 출근할 때마다 나는 세상에서 제일 행복한 갤러리스트라는 생각을 한다. 오전에는 궁궐을 통과하고 오후에는 서촌의 골목들을 산책하면서 책 속에 활자로 남아 있는 역사가 아니라 공간 속에 스며들어 있는 역사와 만난다. 느린 시간이 흐르는 이 소박한 공간을 나만큼이나 사랑하는, 서촌이 삶터이자 곧 일터인 심혜경 선생의 글을 가슴 설레며 본다.
(김미영, 서촌 갤러리 자인제노 부관장)

처음 만났을 때의 떨림. 함께하게 됐을 때의 설렘. 나도 좋아해, 라고 말하는 이들에게 느끼던 질투. 변한 상대에 대한 서운함과 (그것을 받아들이려 애쓰는 과정에서 일어나는) 다툼. 그 후 찾아온 돈독함과 편안함. 이것은 사랑 이야기다. 동네, 북촌, 창덕궁길(모든 존재들)에 대한 사랑 이야기. (진영, 원서동 동네커피에서)

외국인들이 아침에 슬리퍼 차림으로 걸어 나와 사워도 빵을 사 먹는 모자이크 베이커리가 있는 동네. '넥스트 인 패션' 우승자, 글로벌 대스타 민주킴의 한옥 쇼룸이 있는 동네. 유럽 도시처럼 이른 저녁이면 거리가 한산해지는데도 소신 있는 스몰 브랜드들의 선택을 받는 동네. '가장 한국적인 것이 가장 세계적인 것이다.'라는 표현이 제일 잘 어울리는 지역, 바로 북촌이다. (룬아, 브랜드텔러)

14년째 원서동에 살면서 내가 이렇게 좋은 곳에 산다는 것을 알게 해 준 의미 있는 책이다. 과거와 현재 그리고 미래의 원서동을 생각하며 오늘도 고즈넉한 창덕궁길을 거닐어 본다. (김명례, 원서동 공감도 도예가)

◇☆○

북촌 소격동 한옥에서 가회동 한옥으로, 그리고 지금은 서촌 창성동의 작은 빌라에서 딸 둘을 키우고 있는 나는 북촌과 서촌을 모두 우리 동네라 부른다. 이 책 제목 《북촌 북촌 서촌》과 찰떡같이 맞아떨어지니 내 얘긴가 싶어 그저 반갑다. 서촌 집에서 일터와 아이들 학교가 있는 북촌까지 하루에도 몇 번씩 경복궁 담벼락을 따라 오가니 전생에 궁궐이랑 무슨 관련이 있었나? 우리 동네를 걷다가 인왕산 너머로 지나가는 예쁜 구름을 보면 마음이 몽글몽글해지면서 왠지 뭐든 잘될 것 같은 용기로 마음이 차오른다. 당신이 이 책을 본다면, 우리는 언젠가 이웃으로 만날 것 같다.
(김영옥, 서촌의 티테라피 카페 매니저)

켜켜이 쌓인 역사와 흘러넘치는 문화를 곁에 두고 야금야금 누리기만 하면 되는 삶. 이 호사스러움이 일상이 되는 우리 동네 북촌.
(Ⓝ, 북촌 주민)

*동네 어디쯤을 걷다가 율곡로, 사직로 건너 남쪽을 보면 현대의 서울이 바삐 돌아가고, 다시 고개를 돌려 곁을 보면 오랜 시간 속의 서울이 고요히 숨 쉬고 있는 그곳. 나는 여전히 북촌과 서촌의 골목을 걸으며 바라보는 서울이 좋다. (곽*영, 캐나다에서)*

"당신 궁궐 옆 좋아하잖아?" 남편의 말 한마디에 구경이나 하자고 나섰다가 2층에서 바라보는 창덕궁 풍경에 반해 덜컥 브런치 비스트로 '데비스'를 오픈한 지 2개월째. 동네의 매력에 차츰 빠져드는 새내기에게 이 책은 나처럼 운명적 끌림으로 북촌과 서촌에 자리잡은 세 분의 따스한 환영인사와도 같다. 멋진 이웃분들의 생생한 북촌/서촌살이 이야기가 '남들과 다른 선택'에 대한 영감을 많은 분들께 전할 수 있기를 바란다.
(윤원정, 북촌에 도착한 패션디자이너)

HB1022

북촌 북촌 서촌
Life Without an Apartment in Seoul

1판 2쇄 2023년 9월 11일
1판 1쇄 2023년 9월 4일
심혜경, 윤화진, 조성형 지음
조용범, 김정옥, 눈씨 편집
조성형 디자인
황은진 마케팅
정민문화사, 한승지류유통 제작

에이치비*프레스 (도서출판 어떤책)
서울시 서대문구 성산로 253-4 402호
전화 02-333-1395
팩스 02-6442-1395
hbpress.editor@gmail.com
hbpress.kr

ISBN 979-11-90314-26-8